Es ist die erste große Liebe, ein Flirt, ein Blick, ein Lächeln oder auch nur ein Hauch, eine Ahnung von Zuneigung, manchmal ein einzigartiges Glücksgefühl, dann banale Alltagsliebe, aber auch der Verlust von Liebe, sowie zerstörerische Hassliebe und mörderische Liebe.

»Ein Gefühl von Lieblingsfarbe« sind zwölf ausgewählte Liebesgeschichten unterschiedlicher Farbe, die einen Einblick in die große Bandbreite von Gefühlen und Empfindungen vermitteln, wie sie uns jeden Tag begegnen. Wir müssen sie nur erkennen.

Die Figuren und Handlungen der Kurzgeschichten sind frei erfunden, jede Ähnlichkeit mit realen Personen oder Begebenheiten ist rein zufällig und nicht beabsichtigt.

Jul Bent, in Stockholm geboren, ist gelernter Hotelkaufmann. Er arbeitete in Düsseldorf, München und London. Heute ist er im Flugbetriebsdienst tätig und lebt mit seiner Familie in München.
Er schreibt Kurzgeschichten und Romane.

»Ein Gefühl von Lieblingsfarbe« ist als E-Book und als Taschenbuch erschienen und über den Buchhandel erhältlich.

Ein Gefühl

von

Lieblingsfarbe

Jul Bent

Kurzgeschichten

Bibliografische Informationen der Deutschen Nationalbibliothek:
Die Deutsche Nationalbibliothek verzeichnet diese Publikation
in der Deutschen Nationalbibliografie; detaillierte bibliografische
Daten sind im Internet über http://dnb.dnb.de abrufbar.

Umschlagfoto: © PicStep

Herstellung und Verlag:
BoD – Books on Demand, Norderstedt

ISBN: 978-3-744-86983-6

Inhaltsverzeichnis

Lieblingsfarbe

Paul war verliebt. Wie sehr, wurde mir erst viel später klar.

Paul war in meiner Klasse, saß in der mittleren Tischreihe, ganz vorne. Er musste dort sitzen. Herr Bremer, unser Klassenlehrer, hatte ihn umgesetzt. Vom Fensterplatz aus seinen Tagträumen gerissen, sollte er ganz nah bei ihm sitzen. Direkt vor dem Lehrerpult.

Doch Paul war schon Minuten später wieder in eine Traumwelt entrückt. Diese schien er auf der großen Weltkarte zu finden, die als Reliefkarte rechts neben der Tafel an der Wand befestigt war. Richtete er seinen verträumten Blick nicht auf die schneebedeckten Wälder Kanadas, die Wüstenflächen Australiens, die zerklüfteten Küstenstreifen Südamerikas, so tauchten seine Gedanken in die dunkelfarbigen Untiefen der Meere hinab.

Erschrocken von dem was er alles zu sehen schien, wachte er Minuten später wieder auf, blickte aus dem Fenster des Klassenzimmers im zweiten Stock und beobachtete die hellgrünen, silbrig schimmernden Birkenblätter, wie sie im lauen Frühsommerwind flatterten. Manchmal drehte er sich ganz unverhofft zu mir um. Er sah mich nur kurz an, so, als wollte er sich vergewissern, dass ich noch da war.

Paul war ein Träumer, zurückhaltend, beinahe schüchtern. Er war kein Angeber und auch kein Pausenclown, davon gab es mehr als genug in unserer Schule. Paul war anders. Er hatte kaum Kontakt zu uns Mitschülern und auch ich wusste so gut wie nichts von ihm. In den Pausen saß er oft abseits, schien in seinen Träumen gefangen. Selten sah ich ihn mit anderen im Gespräch.

Ich hatte mir immer einen Bruder gewünscht, jemand, den man alles fragen konnte, der einem half, wenn man ihn brauchte, von dem man etwas lernen konnte. Und obwohl ich Paul kaum kannte, sah ich in ihm diesen Bruder. In meinen Gedanken war Paul mein Held, mein guter Freund, mein großer Bruder eben, von dem ich nur wenig wusste. Denn obwohl er mir in den ganzen gemeinsamen Schuljahren gleich zu Beginn der ersten Klasse sympathisch war, wir nur einen Straßenzug voneinander entfernt wohnten, jeden Tag den gleichen Schulweg gingen, waren wir immer in einem Abstand von vielleicht zehn Metern getrennt gegangen. Erst die letzten Schultage der Abschlussklasse ließen uns begegnen und Freundschaft schließen.

Es war Ende Mai. Morgens roch die Luft schon nach Sommer und den großen Ferien, das Freibad öffnete seine Tore zur anstehenden Sommersaison, die Verdecke der Cabrios verschwanden im Innern der Autos und die Schuhmode, in diesem Jahr buntfarbene Sandalen mit dünnen Lederriemen, ließen die Hitze des herannahenden Sommers erahnen. Es war die Zeit unserer Prüfungen. Ein Schultag, wie unzählige zuvor, als Paul nach Schulschluss direkt vor mir die Stufen des Schulgebäudes nach draußen rannte.

Ich wusste nicht, woher ich den Mut dafür nahm, doch rief ich seinen Namen, wartete, dass er stehen blieb und stellte ihm sogleich die Frage, die mir schon seit langer Zeit durch den Kopf ging.

Eigentlich schon seit ich Paul kannte.

Wie konnte ein Schüler der zehnten Jahrgangsstufe den ganzen Tag verträumt in die Gegend schauen? Und vor allem, wovon träumte er?

Anfangs zweifelte Paul an der Aufrichtigkeit meiner Fragen, glaubte, ich wollte mich über ihn lustig machen. So, wie es Herr Bremer gerne tat.

Doch bereits eine halbe Stunde später saßen wir in einer Eisdiele, aßen Vanilleeis mit Erdbeeren, tranken Milchshakes dazu.

Eine Antwort auf meine Fragen erhielt ich von ihm gar nicht. Vielmehr stellte er Fragen, wollte von meinen Hobbys hören, fragte nach meiner Familie, die er vom Sehen kannte und erkundigte sich nach meiner Adresse.

Paul interessierte mein Lieblingsessen und erriet meine Lieblingsfarbe, was allerdings nicht sehr schwer war. Schließlich trug ich ständig mindestens ein rotes Kleidungsstück und besaß auch sonst alles in dieser Farbe. Meine Schultasche, der rote Füller, der Radiergummi, sowie ein roter Elefant als Schlüsselanhänger.

Einfach alles in rot. Sogar meine Unterwäsche kaufte ich mit der Erlaubnis meiner Mutter in Rottönen. Doch davon erzählte ich Paul natürlich nichts.

Er fragte, wie mein Zimmer aussah, ob auch dort alles in dieser Farbe zu finden war und wunderte sich, dass ich, bei meinem Tick für Rot, meine Wände noch nicht in dieser Farbe gestrichen hatte. Als mir keine bessere Antwort einfiel als »weil alleine malern keinen Spaß macht«, bot er an, mir dabei zu helfen.

Zwei Tage später erschien Paul bei uns zu Hause. Ich hatte ihn eingeladen, um gemeinsam für Mathe zu üben.

Als Mitbringsel überreichte er mir einen Gedichtband »Gedanken zu Rot« mit einem roten Miniluftballon in Herzform daran sowie eine rote Rose, wegen meiner Vorliebe für Rot, wie er verlegen erklärte.

Wir blieben den ganzen Nachmittag in meinem Zimmer, hörten Musik und blätterten in dem Buch, lasen uns gegenseitig daraus vor.

Für Mathe fanden wir an diesem Tag und auch an den nächsten keine Zeit mehr. Stattdessen kauften wir Farbe, dunkelrot, Pinsel und Rollen und verschönerten mein Zimmer.

Es passierte am zweiten Tag unserer Malerarbeiten, drei Wände waren bereits gestrichen, als Paul von einer Sprosse der Leiter abrutschte, sich nicht halten konnte und stürzte. Er hatte sich ernsthaft verletzt. Sein Arm war geschwollen, schien gebrochen. Mein Vater fuhr ihn sofort zum Arzt.

Noch am selben Abend rief Paul bei uns an. Er war wieder zu Hause, sein Arm bis zur Schulter eingegipst und an Schule zunächst nicht zu denken. Über meinen Besuch würde er sich aber sehr freuen.

Als ich tags darauf bei Paul klingelte, öffnete seine Mutter, bat mich in die Küche, da Paul noch einen Moment im Bad brauchte.

Ich entschuldigte mich für alles, was passiert war, fühlte mich für den Sturz verantwortlich. Doch sie winkte ab, meinte, es sei ja kein Beinbruch, lachte über ihre Äußerung. Ich lachte auch.

Sie fand es ein wenig absurd, ja verrückt, dass ausgerechnet Paul eine rote Farbe malte, dabei verunglückte. Sie schüttelte den Kopf, lächelte. Ich lächelte ebenfalls, nicht weil ich verstand, was sie damit sagen wollte, sondern aus Höflichkeit.

»Ausgerechnet Paul, der diese Farbe gar nicht kennt, nicht erkennen kann, wo er doch rotblind ist. Schon immer war«, sie machte eine kurze Pause, »und immer noch will er es nicht glauben, hofft, die Farbe eines Tages doch noch sehen zu können.«

Als wir später in Pauls Zimmer allein waren, sprach ich ihn auf seine Rotblindheit an. Er nahm mir dieses unangenehme Gefühl, davon besser nicht zu sprechen.

Paul erklärte mir, rot zwar nie gesehen, es aber gefühlt zu haben. Jedes Mal, wenn er sich im Unterricht zu mir umdrehte, mich ansah, fühlte er dieses Rot. Fühlte es auch jetzt wieder ganz deutlich. Er nahm meine Hand, sah mich an. Dann schloss ich meine Augen. Unsere Lippen berührten sich.

Seit diesem Tag trug ich nur noch selten rote Kleidung. Und Vieles, was ich in dieser Farbe besaß, verschwand in kürzester Zeit aus meinem Zimmer. Die roten Wände wurden neu gestrichen. Gelb und blau, schöne Farben. Nur meine Turnschuhe aus rotem Wildleder mit den weißen Kringeln behielt ich, trug sie, weil sie auch Paul gefielen. Er meinte, sie seien schon so alt und verschmutzt, dass eh kein rot mehr daran zu sehen war. Doch das stimmte nicht. Er wusste, wie sehr sie mir gefielen. Nur weil er sie nicht so sehen konnte wie ich, sollte ich darauf nicht verzichten müssen.

Paul sagte: »Wusstest du, dass ein Stier farbenblind ist? Das rote Tuch des Stierkämpfers erkennt er gar nicht. Es ist der Mensch, der ihn reizt.«

Das alles liegt nun schon acht Jahre zurück. Im nächsten Monat erinnern Paul und ich uns wieder an »unseren Jahrestag«, verreisen für ein paar Tage. So, wie wir es jedes Jahr tun. Für die Reise habe ich mir ein neues Sommerkleid ausgesucht, sonnengelb.

Eine meiner Lieblingsfarben.

Kaltfront

Es war kalt geworden. Für die Jahreszeit zu kalt. Im Radio hatten sie für die kommenden Tage von einer »gefühlten Eiszeit« gesprochen. Fröstelnd stand er mit dem Rücken zum geöffneten Fenster, blickte zu ihr herüber, sah, wie sie sich bis zu den Ohren in ihre Bettdecke hüllte, ihr Lächeln ein Gefühl von wohliger Wärme erahnen ließ.

Er fragte sich, ob es ein guter Zeitpunkt sei, mit ihr zu reden, ein für alle Mal alles zu erklären, Klarheit zu schaffen. Wie oft hatte er sich diese Frage gestellt, gewünscht, den richtigen Augenblick erwischt zu haben. Doch immer wieder verließ ihn der Mut, hatte er befürchtet, sie zu verlieren. Sie würde ihn zum Teufel jagen, sich jemand anderen suchen, mit dem sie ihren Wunsch nach Familie leben könnte.

Dabei war er nicht immer zeugungsunfähig gewesen, erst die Sterilisation, damals vor fünf Jahren, hatte dazu geführt. Dass der Eingriff vorübergehend kleinere Beschwerden, wie partielle Taubheit oder ein leichtes Druckgefühl in dem Bereich, mit sich bringen könnte, hatte man ihm vorab erklärt, damit hatte er gerechnet. Doch die Entzündungen, die sich durch verunreinigtes Operationsmaterial im umliegenden Gewebe bildeten, bedeuteten letztlich einen weiteren Eingriff, der zur endgültigen Zeugungsunfähigkeit führte. Nein, er hatte nie vorgehabt jemals einer Frau davon zu erzählen, auch Anne nicht. Und da sein Liebesleben in keiner Weise beeinträchtigt war, sah er auch keinen Grund dafür.

Doch später, Anne und er waren schon über drei Jahre ein glückliches Paar, sprach sie des öfteren von Kindern, von Freundinnen, die schwanger wurden, Babys bekamen. Manchmal kam ihm der Gedanke, nur Mittel zum Zweck zu sein, so fragte er sich, ob sie wirklich ein Kind von ihm wollte, oder von dem Gedanken besessen war, ihrer biologischen Bestimmung folgen zu müssen. Doch er hörte ihr weiter zu, konnte ihren Wunsch nach einem eigenen Kind beinahe verstehen, obwohl er selbst nie diesen Wunsch verspürte, die Verantwortung dafür ablehnte, die schlechten Zukunftsaussichten für nachfolgende Generationen seine Entscheidung rechtfertigten.

Nach über einem Jahr verkrampfter und erfolgloser Versuche, schwanger zu werden, folgten Arzttermine. Annes Ergebnisse waren stets ohne Befund, seine ebenfalls, wie er ihr später berichtete. »Alles so, wie es zu erwarten war.«, hatte der Urologe gesagt. Und genau so hatte er es weitergegeben. Nichts hinzugefügt, nichts weggelassen. Und doch bedauerte er seine Lüge, wenn es denn überhaupt eine war, hatte Gewissensbisse, weil er ihr gegenüber nicht aufrichtig war, nur aus Angst, sie zu verlieren, nicht alles erzählt hatte.

»Anne, wir müssen reden.«, seine Stimme klang brüchig, ohne Kraft und Stimmklang.

So, als wären es die Worte eines anderen.

»Komm ins Bett, lass uns schlafen«, murmelte sie im Halbschlaf, »und mach das Fenster zu, es wird so kalt.« Er schloss das Fenster, zog den Vorhang zu und folgte ihrer Aufforderung.

»Morgen, mein Schatz«, flüsterte sie mit müder Stimme, »wir reden morgen.«

»Gut«, sagte er in ruhigem Ton, »morgen.« Erleichtert schloss er die Augen und schlief ein.

Er hörte ihren Atem, spürte ihre nassen Haare auf seiner linken Wange. Kaffeeduft stieg ihm in die Nase. Als er den Kopf drehte, küsste sie ihn. Anne hockte mit gespreizten Beinen auf seinem Unterleib, stützte sich mit den Händen neben seinem Kopf ab.

»Gut geschlafen?«, fragte sie mit liebevollem Blick. Er nickte. »Steh auf und zieh dich an, Frühstück ist fertig«, flüsterte sie und weiter »es hat geschneit. Wir wollen spazieren gehen.«

»Wir müssen reden, Anne.«, platzte er schlaftrunken heraus.

Sie legte ihren Zeigefinger auf seine geschlossenen Lippen, sprach mit kindlicher Stimme »zuerst ich, dann du, okay?« Wieder nickte er nur. »Wir sind schwanger, die elfte Woche schon«, er sah einen strahlenden Glanz in ihren Augen, »ist das nicht unglaublich? Schatz, ich liebe dich.«

»Ja, unglaublich«, antwortete er, spürte, wie sich eine Kälte in seinem Körper ausbreitete.

Letzten Sonntag

Sie hatte schon gar nicht mehr daran geglaubt, doch als ihr Handy klingelte, erkannte sie an der Melodie des programmierten Klingeltons, dass es ein Anruf von ihm war, hatte schon den ganzen Tag darauf gewartet.

Sie streckte ihren Arm aus dem lauwarmen, mit öligem Perlschaum bedeckten Badewasser, griff nach dem schlanken Mobiltelefon, das sie, mit dem Frotteebadetuch gepolstert, auf dem Rand der Badewanne abgelegt hatte.

Die Klavierglanzoptik mit den glatten Kanten des Barrenhandys und der hautpflegende Ölfilm des Badezusatzes verhinderten einen festen Halt des vibrierenden Telefons in ihrer rechten Hand. Und so flutschte das Sprachgerät, wie ein glitschiger Fisch, zwischen ihren Fingern hindurch in die Tiefen des Schaumbades hinab, um sich mit einem dumpfen Knacken auf dem Grund der Badewanne abzulegen.

Julia fischte mit beiden Händen nach dem abgetauchten Gerät und musste, nachdem sie es mit der linken Hand zu fassen bekam, feststellen, dass jetzt nicht nur die Melodie aus den Tiefen nicht mehr zu hören war, sondern auch die Vibrationen des elektronischen Geräts ertrunken zu sein schienen.

Als sie das Handy an die Wasseroberfläche gerettet hatte, war ihr gleich bewusst, dass sämtliche Funktionen ihren Dienst versagt haben mussten, kein Bild und kein Ton mehr davon ausgingen.

Geistesgegenwärtig sprang sie aus der Badewanne, spürte die Kälte der Umgebungsluft auf ihrer nassen Haut und rannte vom Bad direkt in ihr Zimmer, suchte zwischen ihren Musik-CDs nach dem alten, klobigen Handy, das sie für solche und ähnliche Fälle als Reserve aufhob.

Er würde sich wundern, dass sie nicht ans Telefon gegangen war, ihr eine Kurzmitteilung schreiben, dachte sie, ihr mitteilen wollen, was er ihr im Gespräch nicht sagen konnte, da sie es nicht entgegengenommen hatte.

Nachdem sie die SIM- Karte getrocknet und eingelegt hatte, schaltete sie das schwere Tastenhandy ein, erhielt vor Eingabe der PIN die Aufforderung, den Akku zu laden.

Fünf Minuten hatte sie schon vor dem am Boden liegenden, pinkfarbenen Handy auf Knien gehockt, sich mit dem flauschig weichen Bademantel vor einer möglichen Erkältung schützen wollen, als ein Doppelpiepton eine neue SMS ankündigte.

Und obwohl sie in der Anzeige nur eine zehnstellige, ihr unbekannte Telefonnummer lesen konnte, glaubte sie bereits zu wissen, dass es eine Nachricht von ihm sein musste. Dabei war es eher ihr sehnlichster Wunsch, als die Gewissheit, von ihm zu hören, doch dieses Eingeständnis wollte sie verdrängen, sich nicht ausmalen, wie enttäuscht sie wäre, würde er sich nicht melden.

Als sie die Nachricht öffnete, ärgerte sie sich. Eine Woche, beinahe eine ganze Woche hatte sie auf ein Zeichen von ihm gewartet und dann so etwas.

»Textteile fehlen« war auf dem Display zu lesen. Keine Anrede, kein vollständiger Satz war zu erkennen, stattdessen nur ».......Freit....Ankunft.....ie geplant. Komm.......05 Uhr……...Tom.P.S.:.......«, dann wieder »Textteile fehlen«.

Sie brauchte nicht viel Fantasie, um sich den ganzen Text zusammenzureimen. Es war zwar nichts fest ausgemacht worden, als sie sich am letzten Sonntag verabschiedeten, doch hatte er ihre Bitte, ihn abholen zu dürfen, nicht ausgeschlagen, sogar gelächelt, versprochen sich bei ihr zu melden.

Es war ihr Glückstag gewesen, dieser letzte Sonntag. Ihr erster gemeinsamer Abend und für sie der schönste Tag in ihrem Leben. Sie hatten sich rein zufällig getroffen an diesem Abend und nie hätte sie damit gerechnet, dass er sie ansprechen würde. Seit diesem Abend war ihr klar, dass es keine Zufälle geben konnte, es musste alles Schicksal sein.

Tom war ihr gleich am ersten Tag nach den Sommerferien aufgefallen. Er war neu an der Schule, kannte sich noch nicht so gut aus und hatte ausgerechnet sie und Moni, ihre beste Freundin, angesprochen, gefragt, wo er den Chemiesaal finden könne. Sie hatten beide laut lachen müssen, ihm erklärt, dass er bereits davorstehe.

Als er ihnen eine Woche später auf dem Flur vor dem Lehrerzimmer begegnete, grüßten sie ihn freundlich, hatten ein »Guten Morgen Herr Weber« einstudiert. Er hatte ihnen sogleich mit einem freundlichen »Guten Morgen« geantwortet, sie beide dabei angesehen, gelächelt und noch einmal, direkt an sie gewandt, »Guten Morgen Julia« hinzugefügt.

Ohne ein weiteres Wort gingen sie an ihm vorbei. Doch für Julia und Moni war es ein eindeutiges Zeichen gewesen. Sie war ihm aufgefallen. Woher sonst sollte er ihren Namen gewusst haben? Nie hatten sie eine Unterrichtsstunde bei ihm gehabt, nicht einmal in Vertretung.

Julia war inzwischen ins Bad zurückgekehrt, hatte den feuchten Bademantel gegen ein trockenes Frotteetuch ausgetauscht, eine Lotion mit Kokosnussduft auf die Beine gecremt und ein Parfum ihrer Mutter auf Dekolletee und Hals aufgetragen. Sie hatte es ihrer Mutter geschenkt, weil ihr der Duft nach Sonnenöl selber so gut gefiel, sie an Sommer und Strand erinnerte. Und weil es ihm so gut gefiel, er es betörend fand, wie er ihr an diesem einen Abend, am letzten Sonntag, gestand.

Noch einmal griff sie zum Flacon, benetzte ihren Zeigefinger, tupfte ihre Ohrläppchen damit.

Es war der Sonntag ihres Tanzturniers, als sie alle gemeinsam spät abends ihren zweiten Platz feierten und ihn, Tom Weber, in der Disco trafen, nachts um halb zwölf.

Er hatte ihr nachgerufen, zweimal schon ihren Namen gerufen, als Moni sie darauf aufmerksam machte, Julia schon einiges getrunken hatte und ihre Wahrnehmung für Geräusche leicht eingetrübt war. Ein Problem, das bei Stress oder Alkoholkonsum öfter auftrat, der Hausarzt aber keinen Zusammenhang feststellen konnte, Hormonschwankungen in der Pubertät als Ursache vermutete.

Julia stand vor ihrem Kleiderschrank, unschlüssig, welche Aufmachung sie für das heutige Treffen wählen sollte. Am Liebsten hätte sie die verwaschene Jeans mit den zerschnittenen Hosenbeinen, dazu die alten, ausgelatschten Sportschuhe, die sie nie zum Sport getragen hatte und das ausgebleichte, orangefarbene, dünne T-Shirt aus reiner Baumwolle ausgesucht. Darin fühlte sie sich am wohlsten, das waren ihre Lieblingsklamotten, das war sie. Doch für den heutigen Tag würde es unpassend wirken, sie als sehr jung und frech zeigen. Ein Erscheinungsbild, das ihn abschrecken, seine Gefühle für sie vielleicht in Frage stellen könnte, müsste er doch glauben, es mit einem jungen Mädchen zu tun zu haben.

Sie blickte zum Nachtschrank, sah auf den Wecker. Kurz vor drei Uhr, es war knapp. So, wie es immer knapp war mit der Zeit. Landung 16:05 Uhr hatte er am Sonntag gesagt und bis vor einer Stunde glaubte sie, noch alle Zeit der Welt zu haben. Doch bis zum

Flughafen musste sie mindestens vierzig Minuten einkalkulieren, Parkplatzsuche und Fußweg noch einmal zwanzig Minuten. Wenn sie zu spät käme, würde er sicher nicht warten, könnte glauben, sie habe es sich anders überlegt, wolle ihn nicht abholen, sich daraufhin ein Taxi nehmen. Dann würde sie ihn erst wieder am Montag in der Schule sehen und nicht wissen, wie sie sich ihm gegenüber verhalten sollte.

Natürlich könnten alle wissen, dass sie ein Paar waren, ihretwegen könnte es die ganze Welt erfahren. Alle dürften sehen, wie glücklich sie ist. Doch bei Tom war das anders. Er würde vermutlich seine Anstellung als Lehrer aufs Spiel setzen. Dann müsste er gehen, irgendwo neu beginnen. Sie würde mit ihm gehen, dachte sie, egal wohin, sie würde ihn begleiten.

Sie wählte das luftige Sommerkleid in hellbeige mit den bunten Blumen darauf und den Spaghetti- Trägern. Das Kleid, das sie auch letzten Sonntag getragen hatte, als sie feiern gingen.

Er war fasziniert gewesen von ihrer Erscheinung, hatte ihr ohne jede Scheu gesagt, wie toll sie in ihrem Kleid aussah, so erwachsen wirkte, von ihrer im Lichtschein glänzenden, samtweichen Haut geschwärmt, hatte ihre schönen, braunen Beine bemerkt und die knallroten, hochhackigen Sandaletten bewundert, auf denen sie nie sicher laufen konnte, ihre Füße bei jedem Schritt schmerzten.

Doch auch heute wählte Julia diese Schuhe zu dem Kleid, wollte auf ihn die gleiche Wirkung erzielen, wie am ersten Abend. Er sollte sich noch einmal in sie verlieben können, noch einmal die erwachsene Frau, die nie vergessene Geliebte in ihr sehen sollen und wider jeder Vernunft aus dieser zaghaft beginnenden Affäre eine nicht enden wollende Liebesbeziehung mit ihr eingehen wollen.

Auf dem Weg zum Flughafen, sie war bereits eine halbe Stunde unterwegs, geriet sie auf der Autobahn in einen Verkehrsstau, sah den Grund dafür, eine dunkle, bedrohlich wirkende Gewitterfront, bereits auf sich zukommen.

Im Radio sprachen sie von zu erwartenden Verspätungen im Luftverkehr, dem Wetter geschuldet. Nähere Informationen dazu gab es nicht.

Sie suchte nach dem Lokalsender, erhoffte sich hier Ankunftszeiten zu einzelnen Flügen, zu seinem Flug zu bekommen.

Dann wurde die Musik unterbrochen, eine erste, noch nicht bestätigte Meldung über eine Notlandung am Flughafen machte ihr Angst.

Man versuchte eine Direktschaltung zu einem Reporter vor Ort herzustellen, doch bisher ohne Erfolg, da das Gewitter noch immer direkt über dem Flughafengelände tobte und zu Störungen im Sendebereich führte. Dann brachte der Sender stattdessen eine Telefonaufzeichnung mit ersten Neuigkeiten zum Unfall.

Die Maschine, aus Hamburg kommend, war beim Aufsetzen von der Landebahn abgekommen und mit unvermindert hoher Geschwindigkeit auf einen Hangar zugerast, hatte die Flugzeughalle gestreift und war anschließend mit eingeknicktem Fahrwerk zum Stehen gekommen.

Noch wisse man keine weiteren Einzelheiten, doch die Einsatzkräfte seien bereits vor Ort. Man müsse wohl mit Verletzten, im schlimmsten Fall auch mit Todesopfern rechnen. Zur Zeit liefen noch die Evakuierungsmaßnahmen.

Julia begann zu zittern, betete zu Gott, dass er ihn beschützen möge, ihm nichts passieren dürfe. Es musste sein Flieger sein. Aus Hamburg hatten sie gesagt. Konnte es wohl mehrere Flieger aus Hamburg geben, die um die gleiche Zeit hier landen sollten? Julia befürchtete die Antwort auf ihre Frage selbst zu wissen. Es war unwahrscheinlich, soviel war ihr klar. Doch vielleicht war er ja unverletzt geblieben, hatte sich längst aus dem Flugzeug befreien können, war gar nicht mehr in Gefahr, saß möglicherweise mit einer nur leichten Verletzung, einer Schnitt- oder Platzwunde, schon im Krankenwagen oder bereits im Ankunftsbereich.

Sie kramte in ihrer Handtasche nach dem Handy, legte es auf den Beifahrersitz, blickte immer wieder auf das Display und konnte sich kaum auf den Verkehr konzentrieren. Doch es kam keine Nachricht, kein Klingeln. Nichts, was sie beruhigen könnte.

Im dichten Verkehr kam sie nur langsam voran, versuchte sich abzulenken, ihre verspätete Ankunftszeit einzuschätzen, als sie die Gewitterfront erreichte und erbsengroße Hagelkörner laut krachend auf die Windschutzscheibe schlugen.

Sie wollte ihm eine SMS schreiben, ihn anrufen, doch es schien ihr unmöglich, bei diesen schlechten Sichtbedingungen nebenbei noch auf dem Handy zu tippen. Sie fragte sich, was es zu bedeuten hätte, würde sie ihn anrufen und doch nicht erreichen oder jemand anderer sich melden. Warum nur meldete er sich nicht bei ihr? Würde einfach nur sagen, dass es ihm gut gehe. War das zu viel verlangt? Sie wollte doch nur beruhigt sein können.

Angst stieg in ihr hoch, breitete sich in ihrem Kopf aus, ließ sie hastiger, kürzer atmen. Dann, ganz plötzlich verlor sie die Beherrschung, begann über die Autos, das Wetter, die Situation der Ungewissheit zu fluchen und weinte, als wüsste sie, was passiert sein müsste, glaubte es fühlen zu können.

Es war bereits 16:25 Uhr, als sie im Ankunftsbereich des Terminals eine nur drei Meter breite Lücke im eingeschränkten Halteverbot entdeckte, dort vorwärts auf den Gehsteig einparkte und bei strömendem Regen ihr Auto verließ, in der Eile vergaß, die Wagentür zu schließen.

Nur knapp zwanzig Meter waren es bis zum überdachten Eingangsbereich der Ankunftshalle, doch der Stoff ihres dünnen Sommerkleids hatte auf diesem Weg jeden noch so kleinen Regentropfen aufgesaugt, große dunkle, beinahe durchsichtige Flecken auf ihrem Kleid gezeichnet, ihre samtweiche Haut darunter glänzen lassen.

Die Regenrinne des Vordachs konnte die vom Dach strömenden Wassermassen kaum fassen, bildete direkt an der Eingangstür eine große, breitflächige und tiefe Pfütze.

Als Julia in vollem Lauf mit ihren, von Wasser getränkten Sandaletten beim Sprung über die Wasserlache auf dem glatten Marmorboden wegrutschte und im Fallen keinen Halt fand, aus einer ungelenken Drehung heraus mit dem Hinterkopf aufschlug und regungslos liegenblieb.

Irgendwann später öffnete sie die Augen, sah eine ältere Frau neben sich am Boden knien, die mit ruhigen Worten zu ihr sprach, doch sie hörte die Worte nur dumpf, konnte nichts von dem verstehen, was um sie herum gesprochen wurde. Julia wollte sich bewegen, versuchte den Kopf zu heben, aufzustehen, doch sie spürte ihren Körper nicht, bemerkte nur die Kälte, die ihren Körper hochkroch. Und dann diese plötzliche Müdigkeit, als müsse sie sich ausruhen, einige Minuten nur schlafen.

Noch einmal öffnete Julia ihre Augen, sah ihr Handy, wie sie es noch immer fest in der Hand hielt. Das Display leuchtete auf, zeigte die wiederholte Übermittlung seiner Nachricht, diesmal ohne fehlende Textteile.

»Endlich Freitag! Ankunft nicht wie geplant. Komme erst um 18:05 Uhr. In Liebe Tom. P.S.: Denke oft an letzten Sonntag.«

Julia lächelte, fühlte sich so unbeschwert und leicht. So, wie letzten Sonntag, als das Schicksal es plötzlich so gut mit ihr meinte.

Dann schloss sie die Augen, für immer. Doch das Lächeln blieb auf ihrem Gesicht.

Befreiung

Was sollte er hier? Eine gute Stunde saß er schon im Wartebereich, hatte bereits in mehreren Illustrierten geblättert, sich auf keinen der Texte konzentrieren können, hatte Wichtigeres zu tun, als hier zu sitzen. Schließlich war es schon April, bald würden die Freibäder wieder öffnen, dann brauchte man ihn wieder, als Bademeister.

Es war die Schuld dieses Mitarbeiters vom Arbeitsamt gewesen, der ihn am Ende der letzten Badesaison unbedingt wieder vermitteln wollte, eine Auszeichnung als erfolgreichster Vermittler des Jahres anstrebte. Da in den Wintermonaten kein Bademeister gebraucht wurde, sollte er eine Umschulung zum Masseur mit Fußreflexzonenmassage erhalten, anschließend in der Bäderabteilung eines Wellness-Hotels unterkommen.

Nur drei Monate hatte er es im Ausbildungsbetrieb ausgehalten, es einfach nicht mehr ertragen. Die Berührung verkrüppelter, stinkender und ungepflegter Füße ließ ihn jeden Tag aufs Neue erschaudern, die Verformungen von Zehen und Füßen, verursacht durch Fehlstellungen und falsches Schuhwerk, ekelten ihn an.

Um die Statistik, mit ihm als Kunden, nicht unnötig zu belasten, verwies man ihn mit dem Hinweis der

Kostenübernahme an seine Krankenkasse, empfahl eine Therapie. Er war zum Problemfall erklärt worden und galt nun als arbeitsunfähig, jedoch nicht als arbeitslos. »Statistikpflege« hieß es.

So war er hier gelandet, im Wartebereich der Praxis einer Psychotherapeutin, deren Namen er sich nicht einmal gemerkt hatte.

Noch immer darüber verärgert, wie in dieser Angelegenheit verfahren wurde, bemerkte er Schritte auf dem Flur. Hörte, wie nackte Fußsohlen sich bei jedem Schritt von den Innensohlen der Schuhe, er vermutete offene Sandalen mit Echtleder- Fußbett, lösten, als klebten sie daran, müssten sich mit aller Kraft davon losreißen. Er blickte in den Gang, suchte die laut arbeitenden Fußsohlen, wollte sie sehen, sie bewerten können, gedanklich in seine Sammlung aufnehmen. Doch es war nichts zu sehen.

Es war ein Hobby von ihm, sein einziges, das er den ganzen, langen Sommer über genoss, wenn er als Bademeister seinen Job ausübte. So empfand er den Hochsommer, wenn Frauen in Sandalen oder barfuß an ihm vorbeiliefen, ihre mehr oder weniger erotischen, mit Nagellack verzierten Zehen zur Ansicht darboten, als eine Art offenes Museum, sah es als einen Wettkampf, dem sich diese Gliedmaßen stellten, um die Gunst des Ästheten zu erlangen. Es waren Kunstwerke unter den nackten Füßen der weiblichen Badegäste zu finden, das wusste er. Er musste nur weiterhin danach suchen, würde sie eines Tages schon finden, die schönsten Füße aller Frauen.

Dann wurde er aufgerufen, folgte der Anweisung der Helferin und betrat Zimmer 2 am Ende des Flures.

Die Ärztin, er schätzte sie auf Anfang vierzig, saß am Schreibtisch, machte Notizen auf einer Karteikarte. Sie blickte über ihre Lesebrille zu ihm auf, legte den Stift beiseite, erhob sich, trat hinter dem Schreibtisch hervor, lächelte, reichte ihm die Hand zur Begrüßung.

Plötzlich hörte er es wieder, das Geräusch der klebenden Fußsohlen. Sein Blick wurde von ihren nackten Füßen eingefangen, die von dünnen, auf den Fußrücken gekreuzten Lederbändchen, fest mit den Sandalen verbunden waren, die Schönheit ihrer gepflegten, exakt geformten Zehen zur Schau stellten. Sie sprach von einem ersten, kurzen Kennenlernen und gegenseitigem Vertrauen fassen, doch er hatte ihr kaum folgen können, versuchte dem reizvollen Anblick ihrer nackten Füße zu widerstehen, als er sie plötzlich unterbrach.

»Sie sollten Ihren Füßen mehr Entspannung gönnen. So schön, wie sie sind, haben sie es verdient. Laufen Sie barfuß!«

Mit prüfendem Blick schaute sie zu ihren Füßen herab, lächelte verlegen, suchte nach Worten.

»Jetzt haben Sie mich aber auf dem falschen Fuß erwischt«, sie machte eine kurze Pause, »ist das wirklich Ihr Ernst?«, fragte sie ungläubig.

»Eine Fußreflexmassage wäre eine Belohnung für Ihre Füße und mir ein besonderes Vergnügen. Ich habe eine halbe Ewigkeit nach diesen Schönheiten gesucht.«

Sie lächelte ihn an, zögerte. Seine Äußerungen schienen ihr zu gefallen, Verborgenes in ihr geweckt zu haben.

Dann zog sie die Schleifen der Schnürbänder auf, streifte die Schuhe ab. In ihren funkelnden Augen war eine furchterregende Neugier zu erkennen. Er war ganz sicher, sie therapieren zu können.

Post Mortem

Den Stiel mit der rechten Hand fest umklammert, holte er weit aus, schlug mit wutverzerrtem Gesicht, begleitet von einem Ohren betäubendem Kriegsschrei, mehrmals auf den zerbrechlichen Körper ein.

Dreimal hatte er mit voller Wucht zugeschlagen, dann sank er kraftlos und außer Atem auf seinen Stuhl nieder.

Sie hatte sich gerade eine Tasse Tee eingeschenkt, die Kanne auf die Wärmeplatte zurückgestellt, als sie, vom plötzlichen Angriff überrascht, zurückwich, dabei mit der linken Hand das Saftglas umstieß und, starr vor Entsetzen, regungslos am Tisch verharrte.

Wie im Schockzustand blickte sie auf den beinahe bis zur Unkenntlichkeit zertrümmerten, platt gequetschten Körper einer Wespe auf ihrem Honigbrot.

Obwohl er ihr mit diesem Wutanfall vielleicht das Leben gerettet hatte, sah sie sich nicht in der Lage, ihm für diesen mörderischen Einsatz zu danken.

Doch war es nicht die brutale Art, wie er das Insekt tötete, obwohl sie diese Unbeherrschtheit an ihm hasste. Nein, vielmehr war es die Gewissheit darüber, dass er auch ihr den Tod wünschte, sogar versuchte, ihn herbeizuführen.

Schon seit Monaten, sie glaubte es seien Jahre, kam es zu ungewöhnlichen Ereignissen, die, wenn man es richtig deutete, nur einen Schluss zuließen.

Er wollte sie töten.

Begonnen hatte es vor mehr als einem halben Jahr, als sie mit dem Fahrrad stürzte.

Keine große Sache, nur Schürfwunden. Doch das war einzig ihrer schnellen Reaktion zu verdanken. Sie hatte instinktiv alles richtig gemacht, wie ihr der freundliche Notarzt versicherte. Bei abschüssiger Straße hatten beide Bremsen ihres Rennrads plötzlich versagt. Beinahe gleichzeitig waren die neu eingesetzten Bautenzüge der Bremsen gerissen. Mit unvermindert hoher Geschwindigkeit steuerte sie auf die viel befahrene Kreuzung zu, riss den Lenker herum, steuerte das Rad direkt gegen den Bordstein und kam in einer Lorbeerhecke zu Fall, blieb dort bewusstlos liegen.

Es war ihr Mann, der tags zuvor die Funktionstüchtigkeit des Rads überprüfte, die angeritzten Drähte der von ihm selbst eingebauten, neuen Bremsleitungen anscheinend nicht bemerkt hatte.

Nie zuvor hatte sie Zweifel an ihrer Beziehung gehabt, doch sein Desinteresse an dem Unfall beschäftigte sie noch mehrere Tage, verblasste aber allmählich, und nach einer weiteren Woche schrieb sie ihre verwirrten Gedanken einem möglichen Unfallschock zu.

Einige Wochen später, es war Ende Februar, als der Winter sich noch einmal in Erinnerung brachte und den Garten unter einer dicken Schneedecke begrub, war Jack plötzlich verschwunden. Jack war ein Kater, alt, eigenwillig und ohne Gnade.

Er war ihr vor Jahren zugelaufen und wurde anfangs nur »Kater« genannt, doch dann brachte er täglich seine Beute mit nach Hause, legte sie auf der Fußmatte ab und begann erst hier seine Opfer in kleinste Stücke zu zerreißen. Seine Grausamkeit erinnerte sie an »Jack, the Ripper«, was ihm seinen Namen einbrachte und der Grund dafür war, dass sie ihn nie streichelte, und wenn er noch so sehr darum bettelte.

Mitte März hatte die große Schneeschmelze eingesetzt, die weiße Pracht war innerhalb von zwei Tagen weggetaut, und die ersten Krokusse blühten bereits, als sie im hinteren Teil des Gartens den leblosen Körper des alten Jack fand. Sein Tod erschien ihr rätselhaft, da er keinerlei Verletzungen aufwies. Sie hatte keine vernünftige Erklärung für ihr Verhalten, glaubte aber, dass sie es ihm schuldig sei, das Rätsel seines Todes aufzuklären.

Im Laborbericht war Rattengift als Auslöser für innere Blutungen festgestellt worden, eine Gefahr, der streunende Katzen in ländlichen Gebieten häufiger ausgesetzt waren, wie es zur Begründung hieß.

Eine Woche später machte sie eine Entdeckung, die sie wieder an Jacks qualvollen Tod erinnerte und schlimmste Befürchtungen in ihr weckte.

Sie hatte beim Staubsaugen das Bücherregal ausgeräumt und hinter der untersten Buchreihe ein Sach-

35

buch hervorgezogen. Es war eine Dokumentation über Giftmörder, vom Mittelalter bis in die heutige Zeit, mit detaillierten Angaben über trickreiche Methoden des Vergiftens.

Ein eingestecktes Lesezeichen informierte zum Thema Rattengift.

Es galt zwar nicht als zeitgemäß, konnte bei geringer und lang anhaltender Gabe aber durchaus schwere Erkrankungen zur Folge haben, die meist nur nachzuweisen waren, wenn man gezielt danach suchte.

Sollte er Jack als Versuchskaninchen benutzt haben, um später auch sie zu vergiften? Waren ihre in letzter Zeit stärker auftretenden Kopfschmerzen und ihr Magengeschwür auf einen Mordversuch zurückzuführen? Sie musste auf der Hut sein, sich zur Wehr setzen.

Während die Fetzen des Insekts, wie verstreute Puzzleteile, leblos auf ihrem Frühstücksbrett lagen, spann sie ihren Gedanken, das Übel aus ihrem Leben zu schaffen, weiter und hatte kurze Zeit später einen Plan gefasst, der schon lange in ihr gereift war, doch erst jetzt ein stimmiges Bild ergab.

Am späten Nachmittag dieses Tages erkundigten sich zwei Polizisten beim Pförtner nach ihr. Dieser klingelte im Labor an, übermittelte den Wunsch der Beamten, ungestört mit ihr reden zu wollen.

Noch im Fahrstuhl nahm sie das Haarnetz ab und richtete im Spiegel des Lifts ihr Haar.

Sie war vorbereitet.

Die Nachricht über seinen Tod wollte sie mit stummem Entsetzen entgegennehmen. Wenn sie fragten, ob er und auch sie von seiner Allergie auf Wespengift wussten, würde sie mit ja antworten, schon seit zwei Jahren.

Er hatte, auf ihren ausdrücklichen Wunsch hin, damals an dieser Studie vom Labor teilgenommen. Beim Allergietest hatte das Ritzen eine vierfach positive Reaktion gezeigt. Später hatte sie ihm mehrmals erklärt, was das einmal bedeuten könne, jedoch den Eindruck gehabt, dass er ihre Warnungen nicht ernst nahm.

Das alles wollte sie den Beamten antworten, wenn sie nur danach fragten.

Ihr könnte man nichts anhaben. Wer wollte schon anzweifeln, dass sie all das zu ihm gesagt hatte?

Nur das Gespräch vom heutigen Morgen, kurz bevor sie das Haus verließ, als sie hoffte, ihn nie wiedersehen zu müssen, durfte sie nicht erwähnen, versuchte, es aus ihrem Gedächtnis zu streichen.

Er hatte von einem geschäftlichen Termin gesprochen, eine wichtige Angelegenheit, die er nicht verschieben könne. Dabei wusste sie längst, worum es ging, hatte die Theaterkarte schon Tage zuvor auf seinem Schreibtisch gefunden. »Post Mortem«, so der Titel des Kriminalstücks, erweckte neue Ängste in ihr. Und so war es ihr nicht schwergefallen, ihn zu bitten, die Blumenwiese im hinteren Teil des Gartens mit der

Sense zu mähen, eine Arbeit, die für sie zu anstrengend war.

Dort auf der Wiese hatte sie erst letzte Woche einen bunten Strauß Wildblumen gepflückt, zufällig das kleine Wespennest am Boden entdeckt und noch nicht gewusst, warum sie diese Entdeckung für sich behalten hatte.

Doch die Beamten fragten nicht danach, bekundeten ihr Beileid und waren bereits nach wenigen Minuten schon wieder verschwunden.

Man hatte sie noch nicht einmal gefragt, ob sie glücklich miteinander waren.

Als sie an diesem Abend vom Wintergarten aus die Blumenwiese beobachtete, war sie verwundert, wie unbedeutend die Ereignisse des Vormittags für die dort lebenden Insekten waren, bereits vergessen schienen.

Im Theater war an diesem Abend ein Platz unbesetzt geblieben. In Reihe 4 Platz 12, so war auf dem Ticket zu lesen, fehlte ein Zuschauer. Zunächst hatte sie daran gedacht, selbst dort hinzugehen, doch inzwischen war es zu spät, die Aufführung schon kurz vor Ende des ersten Akts. Beinahe schämte sie sich für ihr gefühlloses, kaltes Verhalten an diesem Abend. Ihr Mann war noch keinen Tag tot und sie dachte an einen Theaterbesuch. War er wirklich das, wofür sie ihn hielt?

Auf der Suche nach einer Antwort auf ihre Frage sowie einer Bestätigung für ihr Handeln, stieg ihr ein übelriechender, beißender Gestank in die Nase. Es roch nach faulen Eiern, ein Geruch wie Stinkbomben, die sie als Kinder im Klassenzimmer geworfen hatten, verteilte sich im ganzen Haus.

Als sie an der Kellertreppe vorbeiging, verstärkte sich der Geruch. Sie ging die Stufen hinab ins Dunkel des Vorraums, tastete nach dem Lichtschalter für die Deckenlampe.

Für einen kurzen Moment erkannte sie den spiralförmigen, glühenden Draht im Innern der Birne, sah, wie er blitzartig heller wurde.

Nach dem winzigen Bruchteil einer Sekunde wusste sie, was passieren würde.

Er hatte an alles gedacht. Sein Alibi im Theater, der Glühfaden ohne die schützende Glasabdeckung, das ausströmende Gas, das zur Warnung bei Gasaustritt mit dem Geruch faulender Eier vermischt war. Ein gleißend helles Licht erfüllte den Raum, erhellte das ganze Haus.

Die Feuerwehr war schon zehn Minuten nach der Explosion am Unglücksort eingetroffen, hatte den Brand innerhalb einer Stunde gelöscht.

Doch das Haus war bis auf die Grundmauern vollständig zerstört, die steinernen Wände in kleinste Stücke zerrissen. Größere Teile des Dachstuhls waren bis zur angrenzenden Blumenwiese geschleudert worden, brannten dort aus, als ein aufgescheuchter Wespenschwarm davonflog.

Der Sieg von Monte Carlo

Oma Elsa hatte zum Geburtstag eingeladen. Es war ihr achtzigster. Und wie schon zum 70.Geburtstag kam die ganze Familie nach zehn Jahren wieder zusammen, übernachtete in dem großen Haus, dessen zahlreiche Gästezimmer im ersten Stock nur für diesen Anlass von Maria, der Haushälterin, vorbereitet wurden.

Ich wollte die Einladung absagen, mich nicht den neugierigen Fragen der Verwandtschaft stellen, denn ich würde allein kommen müssen, was in meinem Zustand, ich war bereits in der 36. Woche schwanger, anstrengend genug gewesen wäre. Doch schlimmer und unverständlich für Onkel und Tanten wäre meine knapp gehaltene Erklärung, dass es keinen Vater für das ungeborene Kind gäbe, biologisch sehr wohl, doch genau damit hatte das Kapitel der großen Liebe abrupt geendet.

Die Trennung lag weit hinter mir und ich plante mein zukünftiges Leben ohne einen Mann an meiner Seite und nahm schließlich doch noch an Omas Feier teil.

Oma Elsa war verwitwet, hatte ihren Mann, einen erfolgreichen Rallyefahrer, vor vielen Jahren durch einen Unfall beim Rennen der ´Mille Miglia` verloren. Als Beifahrerin war sie unverletzt geblieben, hatte nur

Schürfwunden erlitten. Das Auto wurde wieder instandgesetzt und verschwand in dem Garagenhaus neben der alten Scheune. Sie benutzte es nach dem schweren Unfall nie wieder.

Auf Omas 70.Geburtstag, ich war damals elf Jahre alt, lernte ich Lukas, den Sohn der Haushälterin, auf dem Anwesen kennen. Er hatte mich in ihrem Auftrag zum Spielen abgeholt und auf Entdeckungsreise mitgenommen. Auf dem parkähnlichen Gelände kannte er sich bestens aus, hatte unzählige Nachmittage hier verbracht, wenn seine Mutter die Hausarbeit in der Villa erledigte.

Lukas zeigte mir die Stallungen, wo Oma früher eine Pferdezucht betrieb, wanderte mit mir durch den großen Garten, führte mich zwischen Hecken und Sträuchern am Bachufer entlang und lud mich in sein selbst gebautes Baumhaus ein.

Er erzählte von dem schnellen Rennwagen, den wir durch die verdreckten Butzenscheiben der Garage entdeckten.

Lukas sprach von einem Porsche 356C, Baujahr 1952. Er war schwarz, mit roten Ledersitzen, dem Schriftzug »Rallye Monte Carlo« und der Startnummer 421 versehen. Auf dem Dach war ein Reserverad mit Riemen befestigt.

Der Sportwagen schien bereit für ein sofortiges Rennen, wartete auf einen würdigen Fahrer, dem er die Welt des Motorsports näher bringen könnte.

Auf meine Bitte organisierte Lukas den Autoschlüssel aus Omas Büro und wenige Minuten später saßen wir in dem sportlichen Oldtimer, schlüpften in die Rollen eines Rennfahrers mit Copiloten, jagten als Sieger in Monte Carlo ins Ziel, spürten den Jubel der begeisterten Menschenmenge, wie ihn meine Großeltern seinerzeit gefühlt haben mussten, gewannen einen Pokal, schlossen uns in die Arme und tanzten und drehten uns im Siegestaumel.

Ich erklärte Lukas, der mit seinen fünfzehn Jahren viel von Fußball und Autos verstand, aber nichts von Mädchen wusste, dass ein erfolgreiches Team sein Siegesglück mit einem Kuss besiegelte, eine Glückssträhne nur so andauern konnte.

Er zweifelte an meiner Erklärung, sah keinen Sinn darin, dass sich unsere Zungen berühren mussten, spürte nur meine warme Spucke, wie er erklärte, ekelte sich ein wenig, glaubte, sich übergeben zu müssen.

Aber es war ein Kuss, wie er in Liebesfilmen nicht leidenschaftlicher sein konnte und für mich eine neue, aufregende und prickelnde Erfahrung.

Es war mein erster Kuss, den ich bei späteren Bekanntschaften immer wieder zum Vergleich heranzog. An keinen anderen Kuss hatte ich mich je so gut erinnern können, wie an diesen ersten Kuss mit Lukas.

Und seit meinem Entschluss an der Feier teilzunehmen, hatte ich täglich an diesen Nachmittag, vor genau zehn Jahren, denken müssen.

Ich traf gegen Mittag in Omas luxuriöser Villa ein, wurde von Maria freundlich begrüßt und auf eines der Gästezimmer geführt. Nach dem Auspacken besuchte ich Maria in der Küche, wollte mir, wie früher als Kind, etwas Obst holen.

Überraschend und völlig unerwartet traf ich Lukas dort an. Maria hatte seine Ankunft für den späten Abend angekündigt. Doch jetzt stand er mitten in der Küche, um seiner Mutter bei den Vorbereitungen für das Fest zur Hand zu gehen.

Wir hatten uns die ganzen Jahre über nicht gesehen, seit unserem Kuss nie mehr miteinander gesprochen, über Maria hin und wieder voneinander gehört, uns gegenseitig Grüße bestellt, uns nicht vermisst, und doch war es wie ein lang ersehntes Wiedersehen, als wir uns plötzlich gegenüberstanden. Wir reichten uns die Hände, begrüßten uns wie Fremde, lachten verlegen über die Förmlichkeiten, waren peinlich berührt.

Das Funkeln in seinen Augen schien mir sagen zu wollen, wie sehr er sich freute mich zu sehen und auch ich glaubte dieses Gefühl auszudrücken, doch wir sprachen kein Wort, sahen uns nur an, lächelten und schüttelten uns die Hände.

Maria erkannte die Situation, sprach von wenig Platz und Kochdunst, bat uns die Begrüßung draußen fortzuführen, schob uns mit sanftem Druck und einem Schmunzeln im Gesicht nach draußen, empfahl uns einen Spaziergang durch den Park.

Wir folgten ihrer Aufforderung, fühlten uns an unsere Kindheit erinnert, den Tag vor zehn Jahren, als wir uns kennenlernten, um uns für lange Zeit nicht wiederzusehen.

Gemeinsam schlenderten wir durch den Park, erzählten, wie es uns inzwischen ergangen war, was uns antrieb, was wir fürchteten, fragten uns, wie alles auf dieser Welt wohl weitergehen werde.

Nach einer Viertelstunde erreichten wir das kleine Garagenhaus, dessen Tore weit offen standen, den Blick auf den alten Porsche freigaben.

Mit einem schelmischen Grinsen zog Lukas die klimpernden Wagenschlüssel aus seiner Hosentasche, streichelte mir über die Wange, lächelte und sagte dann auffordernd: »Komm Louisa, lass uns noch einmal in Monte Carlo siegen.«

Eine gute Woche später kam meine Tochter zur Welt, wir gaben ihr den Namen Carlotta und nahmen sie im Alter von vier Monaten mit auf Hochzeitsreise. Nach Monte Carlo.

Tür mit Verbindung

Er hatte an diesem Abend kaum eine halbe Stunde auf dem Sofa gelegen, in einem Buch gelesen, als Geräusche aus dem Nebenzimmer durch die verschlossene, zur Geräuschdämmung mit Schaumstoff verkleidete Verbindungstür drangen.

Es war ein Wimmern, klang wie die Stimme eines weinenden Kindes, und er fragte sich, warum Lisa, seine WG- Zimmernachbarin, in die er sich schon lange »verguckt« hatte, ihm nie etwas von einem Kind erzählt hatte.

Er setzte sich auf, horchte an der Tür, vernahm das unaufhörliche Klatschen und die anschließenden Schmerzschreie. »Ein Kind«, sagte er, »da wird ein Kind geschlagen.« Das musste aufhören, dachte er, so etwas war nicht zu dulden.

Er klopfte an die Verbindungstür, rief Lisas Namen, doch er bekam keine Antwort. Wieder hörte er dieses Weinen, wieder rief er ihren Namen, diesmal lauter, fragte, ob sie da sei, hämmerte gegen die Tür, doch sein Rufen blieb ohne Antwort, nur das Schlagen und Jammern war weiterhin zu hören. Er schob das Sofa beiseite, stand vor der Tür, zögerte, hatte Angst sich in etwas einzumischen, das ihn vielleicht nichts anging, doch die Schmerzschreie eines Kindes mit weinerlicher Stimme durfte er nicht zulassen, waren unerträglich für ihn. Er musste handeln, irgendetwas tun. Er nahm Anlauf, rannte auf die verschlossene Tür zu, stemmte seine Schulter mit aller Kraft dagegen und durchbrach diese Schranke der abgrenzenden Privatsphäre.

Die Tür brach in Höhe des Schließzylinders aus dem Rahmen, riss Teile der Wandverkleidung mit sich. Er fand keinen Halt mehr und stürzte mit der Tür in Lisas Zimmer zu Boden.

Lisa schreckte vom Sofa hoch. Sie war dort eingeschlafen, hatte dabei den Controller der Spielkonsole aus den Händen gleiten lassen. Dieser war zu Boden gefallen, lag mit den Schalt- und Druckknöpfen auf dem Teppichboden auf, drückte mehrere Funktionen gleichzeitig und hatte Zora, die Hauptfigur des Spiels, beim Springen über ein Hindernis in die Endlosschleife geschickt, zum immer wiederkehrenden Absprung ins nächste Level angesetzt, jedoch nicht abspringen lassen. Dabei machte Zora die immer gleichen, quälenden Ausrufe einer Kraftanstrengung. Ein Ton, so empfand er es, der dem Wehgeschrei eines Kindes glich.

Stotternd und immer wieder von Neuem beginnend, versuchte er Lisa klarzumachen, wie es zu seinem Einsatz in dieser Angelegenheit gekommen war, wie leid ihm die Sache mit der Tür tat, er für den Schaden selbstverständlich aufkommen wollte.

Lisa, die sofort hellwach war, konnte seinen Erklärungen folgen, auch sie erkannte Zoras Laute als mögliches Kindgeschrei. Doch sie genoss seine umständliche Entschuldigung, lächelte sogar dabei. Beinahe bedauerte sie, ihn nicht mehr länger auf allen Vieren vor sich am Boden sitzen zu sehen, als sie plötzlich laut zu lachen begann, ihm damit signalisierte die Situation erfasst zu haben.

In blindem Aktionismus versuchte Tom die Tür durch Aufstellen und Anlehnen an den zur Hälfte herausgerissenen Türrahmen in den Ursprungszustand zu versetzen, doch die schwere Holztür fiel nun auf die andere Seite, in sein Zimmer.

Lisa erlöste ihn nach wenigen Minuten, konnte seine unbeholfenen Versuche, den Schaden eingrenzen zu wollen, nicht länger mit ansehen und lud ihn zu einem Spiel mit der neu erworbenen Spielkonsole ein. Zunächst war er verdutzt, wunderte sich über ihre Reaktion, hatte mit Problemen gerechnet, sah sich schon wegen Sachbeschädigung und Hausfriedensbruch bei einer Vernehmung auf dem Polizeirevier.

Die Konsole, ein Geburtstagsgeschenk, das Lisa sich zum nächsten Tag selbst schenken wollte, sollte für sie eine Art Ablenkung sein, um nicht so sehr ans Alleinsein denken zu müssen.

Noch immer lächelte sie ihn an, war überrascht, wie schnell ihr Wunsch nach Abwechslung noch in ihrer Geburtstagsnacht in Erfüllung gehen sollte.

Und sie fragte sich, wie Tom, den sie schon immer gut leiden konnte, alles wieder gut machen könnte, die Reparatur der Tür aus ihrer Sicht dafür nicht notwendig wäre.

Die Schönheit von Schmetterlingen

Sie war früh dran, hatte noch mehr als eine Stunde bis zum vereinbarten Termin. Doch sie war absichtlich zeitiger von zu Hause losgefahren, wollte, wie vor einem halben Jahr, noch einmal in dem Café sitzen, in dem alles begann, wollte sich an ihre Gefühle erinnern, die nie in Vergessenheit geraten sollten. Jetzt, da sie noch einige Tage für sich selbst, ihre wirren Gedanken und schwankenden Gefühle hatte, wollte sie alles, was passiert war, noch einmal in Erinnerung bringen, wünschte sich dadurch mehr Entschlossenheit und Geradlinigkeit für die Zukunft. Etwas, was ihr in entscheidenden Situationen gefehlt hatte.

Es war spät am Vormittag, als sie das Café betrat, das noch nicht so gut besucht war, nur drei Tische waren besetzt, und »ihr« Platz, die Eckbank mit den dicken, weißen Kissen darauf und dem wuchtigen Eichentisch davor, war noch frei.

Sie nahm auf der längeren Bankseite Platz, legte den schweren Wintermantel gefaltet neben sich und winkte die Bedienung zu sich heran. Sie bestellte einen Milchkaffee mit einem Glas Wasser dazu, schaute der Kellnerin beim Fortgehen nach und fragte sich, ob sie damals auch schon hier arbeitete, da sie sich an beinahe jedes Gesicht erinnerte, dieses erschien ihr jedoch fremd.

Dann lehnte sie sich zurück, atmete tief durch, konzentrierte sich auf das, was gewesen war.

Sie brauchte nur einen kurzen Moment, es waren kaum fünf Sekunden vergangen, um sich an Einzelheiten zu erinnern. Sein zartes Lächeln, seine großen, braunen Augen, dieser kindliche Blick, so offen und ehrlich. Sie erinnerte sich an seinen Geruch, eine Mischung aus billigem Rasierwasser, das sie später gegen ein besseres tauschte, und den Duft eines Sonnenöls. Sie sah seinen Gesichtsausdruck vor sich, wenn sie ihn zum Lachen brachte, und seine Zerbrechlichkeit, seine Tränen, diese Traurigkeit, als das Leben ihm seine Träume nahm. Sie, Maria selbst, ihm seine Träume verbot.

Es war an einem Dienstag, der erste Dienstag im Juli, ein schwül warmer Sommertag, der ein baldiges Gewitter erwarten ließ, als sie, wie an jedem ersten Dienstag im Monat, mit Doro, ihrer besten Freundin aus dem Lehrerkollegium, verabredet war. Doch Doro musste das Treffen ausfallen lassen, ihren Vater zum Arzt begleiten, wie sie Maria durch die Kellnerin ausrichten ließ.

Erst wollte Maria alleine losziehen, doch dann erkannte eine Gruppe Jugendlicher der zehnten Klasse die Lehrerin am Ecktisch, und da sie bei den Schülern durch ihre freundliche, lockere Art recht beliebt war, kamen sie ins Reden und setzten sich kurzerhand zu ihr an den Tisch.

Gut zwei Stunden saßen sie beieinander, quatschten über Mode, diskutierten Umweltprobleme, erklärten die Regeln des Pokerspiels und philosophierten über die Liebe und ihre Lebensträume. Später gingen sie, gemeinsam mit der Lehrerin, in ein Tanzlokal, wo sie alle zusammen einen Volkstanz lernten.

Als Maria sich am späten Abend von ihnen verabschiedete, glaubte sie, es widerwillig zu tun, doch es erschien ihr vernünftiger. Es war Tim, einer der älteren Jungen der Gruppe, der ihr nachlief, sie duzte, sich für den netten Nachmittag bedankte und im Gehen noch anfügte, wie toll sie dufte. Dann verschwand er wieder im Lokal.

Maria war überzeugt davon, dass sie solche Komplimente für ihr Selbstbewusstsein nicht nötig hatte, schon gar nicht von den Schülern, aber sie lächelte über diese etwas unbeholfene Art einer Sympathieerklärung und rief sich diese Abschiedsszene auf der Heimfahrt noch einige Male ins Gedächtnis. Sie bedauerte, sich für seine Worte nicht einmal bedankt zu haben, überlegte, ob sie es beim nächsten Mal vielleicht noch tun sollte, wollte Tims Verhalten aber nicht überschätzen.

Zuhause angekommen wollte sie Stefan, ihrem Mann, von dem netten Zufallstreffen, einer absoluten Ausnahme, die natürlich nicht zur Gewohnheit werden dürfte, erzählen, hoffte, ihre gute Laune mit ihm teilen zu können. Doch Stefan zeigte nur wenig Verständnis, hatte sich an diesem Nachmittag freigenommen, den

Parkettboden im Dachgeschoss versiegelt und auf Marias Hilfe gehofft. Wenigstens die Inneneinrichtung sollte ihre Aufgabe sein, bemerkte er in gekränktem Tonfall.

Um keinen Streit mit ihrem Mann zu beginnen, gab sie seiner Aufforderung nach, bestellte noch am gleichen Abend im Internet ein Schlafsofa, das schon am nächsten Tag geliefert wurde und als einziges Möbel im großen Studio des Dachgeschosses mitten im Raum abgestellt wurde.

Maria wusste nicht, warum sie es tat, doch bereits am nächsten Nachmittag ging sie wieder ins Kaffeehaus. Unter dem Vorwand, am Vortag einen knallroten Regenschirm vergessen zu haben, sprach sie die Bedienung darauf an, suchte selbst danach. Dann schaute sie auf, wagte einen Blickkontakt zu dem jungen Mann auf der Eckbank, der ihr nicht mehr aus dem Kopf ging, ihre Gedanken quälte. Er saß allein, las vertieft in einem Buch, hatte Maria nicht gesehen. Erst als er einen Schatten über der Buchseite bemerkte, blickte er auf, sah sie mit seinen tiefbraunen Kulleraugen an, sagte kein Wort. Maria bemerkte die Tränen in seinen Augen und nahm, ohne ein Wort zu sagen, neben ihm Platz.

Sie hatte keine Erklärung für ihr Handeln, fühlte ihre Bewegungen kaum, wehrte sich nicht einmal dagegen, als sie ihre Hand auf seinen Arm legte, ihn noch immer anstarrte. Dann endlich fragte sie ihn, was passiert sei. Er schüttelte den Kopf, als wolle er zur

Besinnung kommen, verwischte die Tränen mit dem Handrücken, versuchte zu erklären, wie traurig die Geschichte war, die er gerade las. Nichts weiter.

In schreckhafter Bewegung nahm Maria ihre Hand von seinem Arm, stotterte eine Entschuldigung heraus und, so schien es ihr jedenfalls, lief im ganzen Gesicht rot an. Was hatte sie getan? Wie konnte sie nur glauben, ihn trösten zu müssen? Ihre Empfindung der Situation hatte ihr einen gehörigen Streich gespielt. Sie hörte sich sagen, dass sie gehen sollte, alles bereits schon peinlich genug war, doch sie blieb sitzen und sagte kein Wort, um kein falsches zu sagen. Statt zu gehen, sich mit Höflichkeitsfloskeln aus der verfahrenen Situation zu retten, sich zu verabschieden, blieb sie sitzen, schaute Tim in seine unschuldigen Augen, lächelte ihn an.

Was tat sie hier nur? Nein, sie hatte keineswegs die Absicht, diese Frage zu beantworten, ahnte, wie schwachsinnig jede Erklärung wäre.

Und so blieb sie, leistete dem jungen, hübschen Mann, der sie so verzaubernd anlächelte, ein wenig Gesellschaft. Sie fragte ihn, was er da so lese, was er sonst noch gelesen habe, erzählte ihm von Büchern, die sie gelesen hatte und erwähnte fast nebenbei, dass sie mit ihm viel lieber spazieren gehen wollte, ins Grüne, bei diesem schönen Wetter.

Eine halbe Autostunde später schlenderten sie auf einem schattigen Uferweg am großen Stausee entlang. Maria fragte ihn nach seiner Familie, seinen Schulnoten, nach Hobbys, wollte wissen was ihm Angst machte, sprach von ihrer Schulzeit, dem neuen Haus, sogar ihre Faszination für die Schönheit von Schmetterlingen ließ sie ihn wissen, die nur einen Sommer hatten, dann verschwanden.

Sie erschrak beinahe, als Tim sich plötzlich vor sie stellte, ihre Schultern mit beiden Händen fasste, seine großen runden Augen noch größer, noch liebevoller wirkten, und er sie fragte, ob er sie küssen dürfte.

Maria brachte einen schockierten Lacher hervor, als sei es ein unsinniger und dreister Gedanke, den er ihr gegenüber äußerte. Sie schüttelte den Kopf, suchte nach Worten für seinen unverschämten Versuch, sie ohne einen Anflug von Romantik so anzusprechen. Dann hob sie ihre Hände, als wolle sie einen stürmischen Angriff mit einer blitzartig ausgeführten Reaktion abwehren, umfasste seinen Kopf, zog ihn an den Haaren zu sich heran und küsste diesen Jüngling so leidenschaftlich, als habe sie seit einer Ewigkeit auf diesen Moment gewartet.

Auf der Rückfahrt sprachen sie kaum ein Wort miteinander, als versuchten sie zu verstehen, was so plötzlich mit ihnen geschehen war. Immerhin hatten sie mehrere Minuten dort am See gestanden, sich geküsst, als wollten sie sich verschlingen.

Maria parkte in einer Seitenstraße, wollte nicht von Tims Eltern gesehen werden, als er sich vor dem Aussteigen zu ihr herüber beugte, ihr einen Kuss auf die Wange gab und ohne Verabschiedung davonlief. Sie schaute ihm nach, wartete auf einen Blick von ihm, doch er drehte sich nicht mehr um, verschwand hinter einer Hecke.

Als Maria an diesem Abend zu Hause ankam, hatte sie gefasst gewirkt, doch ihre Gedanken kreisten nur um das, was am See passiert war. Sie wusste, dass das alles nicht richtig war, aber sie fand nichts Falsches an ihren Gefühlen.

Ohne sich zu verabreden, trafen sie am nächsten Nachmittag nur um Minuten versetzt im Kaffeehaus ein. Sogleich fasste Maria den schweigenden Tim am Arm, zog ihn, wie einen müden Esel, hinter sich her, sagte etwas wie: »Wir müssen reden.«

Sie fuhren zur Talsperre, parkten auf dem kleinen Rastplatz, gleich hinter der Mauer. Maria wollte von ihm wissen, ob er es ernst meinte oder was er sonst von ihr wollte. Er dürfte keineswegs mit ihren Gefühlen spielen, zu so etwas wäre sie nicht bereit, immerhin sei er ein Schüler, das könnte sie ihren Job kosten. Tim saß auf dem Beifahrersitz, hatte ihr zugehört, sie ausreden lassen, dann drehte er sich zu ihr und küsste sie so liebevoll und zärtlich, wie sie noch nie zuvor geküsst wurde.

Sie trafen sich wieder, fuhren regelmäßig zu dem kleinen Rastplatz, an dem nur selten ein Auto hielt. Sie wollten sich lieben, direkt dort am Rand des Parkplatzes, doch Maria hatte Angst, gesehen zu werden. So blieb es beim Küssen und Streicheln, bei Berührungen, die ihrem Hunger nach Liebe jedoch nicht genügten, sondern das Gegenteil bewirkten, den Drang nach Verlangen unkontrolliert steigerten.

Dann, es war bereits eine Woche dieser Treffen im Auto vergangen, hielt Maria dieses Versteckspiel nicht mehr aus, sprach Tim gegenüber von einer Lösung, die ihr dazu eingefallen war.

Es war ein Samstag, mitten im Juli, morgens gegen sieben Uhr, als sie in der Seitenstraße nahe Tims Haus mit dem Wagen hielt, den Motor laufen ließ und Tim zur vereinbarten Zeit zu ihr ins Auto stieg. Als sie kurze Zeit später in die Hofeinfahrt einbog, fuhr sie den Wagen direkt in die offenstehende Garage, schlich mit Tim an der Hand über die Kellertreppe ins Haus, sperrte Keller- und Haustür von innen ab, wandte sich ihrem Geliebten zu und riss ihm seine Jacke von den Schultern, küsste ihn und zog ihn am Hosengürtel zwei Holztreppen ins Studio des Dachgeschosses hinauf. Dort vergaßen sie beide die Zeit und alle Schuldgefühle, die sonst ihr Gewissen plagten.

Sie waren allein im großen Haus, so, wie Maria schon seit Wochen tagsüber allein im Haus war. Einzig spät abends und an den Sonntagen war Stefan noch Zuhause anzutreffen, hatte wegen einer bevorstehenden Beförderung viele Meetings und Tagungen zu leiten und sich kaum noch Zeit für Maria nehmen können.

Anfangs hatte Maria geglaubt, dass alles ganz anders sei, dachte schon an eine Affäre mit einer Kollegin in der Bank, doch sie fand keine Bestätigung für ihre

Vermutung, glaubte bald darauf, ihrem Mann unrecht damit zu tun und verwarf die Gedanken daran wieder.

Aber es war nichts mehr, wie es früher zwischen ihnen war und als er, um ungestört arbeiten und schlafen zu können, ins Gästezimmer, das für später geplante Kinderzimmer, zog, war er nachts auch nicht mehr zu ihr gekommen. So, wie er es früher oft tat, sie zärtlich weckte, um sich zu lieben.

Stefan hatte an diesem Samstagmorgen schon früh das Haus verlassen müssen. Maria hatte ihn bereits um sechs Uhr zum Bahnhof gefahren, bis ins Zugabteil begleitet, wollte sichergehen, dass er es sich nicht noch einmal anders überlegte, wieder ausstieg und später mit dem Taxi vor der Haustür stünde.

Drei Tage sollte seine Dienstreise, eine Beraterfunktion für einen wichtigen Kunden der Bank, andauern, sich für seinen geplanten Karrieresprung als äußerst vorteilhaft erweisen.

Als er ihr zwei Tage vor der Abreise davon erzählte, hörte sie ihm aufmerksam zu, notierte sich die Abfahrts- und Ankunftszeiten der Züge in ihrem Wochenkalender, wiederholte die genauen Uhrzeiten, um sicher zu gehen, dass sie auch zum richtigen Zeitpunkt vor Ort sei, doch ihre Gedanken, ihre Gefühle und Vorstellungen richteten sich ausschließlich auf die gesamte Zeit zwischen diesen Terminen. Die Zeit, in der ihr Stunden und Tage mit dem jungen Mann blieben, in den sie sich so unbeherrscht verliebt hatte.

Den ganzen Vormittag waren sie im Bett geblieben, hatten sich geliebt, dort im zweiten Stock, auf dem neuen Parkettboden gefrühstückt und anschließend wieder geliebt, bauten die Stereoanlage auf, hörten Musik, Klassik und Pop gemischt, sogar ein Hörbuch.

Sie blieben zwei Tage und zwei Nächte dort oben im Studio und als sie Tim am Montag in der Früh in der Seitenstraße seines Elternhauses absetzte, war es ihnen, als wäre alles so, wie vor ihrem Wochenende. Das Versteckspiel sollte von Neuem beginnen und sie nur Stunden für sich haben.

Ab jetzt trafen sie sich jeden Nachmittag in der Seitenstraße, wo er zu ihr ins Auto stieg, sie zu Marias Haus fuhren, durch die Garage ins Haus schlichen, Maria alle Türen verschloss und sie beide, für ein paar Stunden, nur sich selbst hatten. Eine Liebe auf Raten, die noch mehr Sehnsucht und Verlangen erzeugte, je intensiver sie ihre Nachmittage verbrachten.

Die Sonntage waren eine Qual für Maria. Es waren die Tage, an denen Stefan zuhause war. Die quälenden Stunden, in denen sie sich nichts sehnlicher wünschte, als zu fliehen, einfach das Haus zu verlassen.

Schon beim Frühstück begann ihr Mann von der Arbeit, seinem anhaltenden Erfolg zu berichten. Dann hörte Maria ihm zu, nickte in entscheidenden Momenten, stellte Zwischenfragen und hörte weiter zu.

Doch ihre Gedanken und Empfindungen waren im zweiten Stock geblieben, wo sie sie noch tags zuvor abgelegt hatte, ruhten dort in den Kissen des Schlafsofas.

Zu ihrer eigenen Verwunderung hatte sie an keinem dieser Tage auch nur den Anflug eines schlechten Gewissens verspürt.

Eher erschien es ihr eine Art Belohnung zu sein, wenn sie mit Tim ihre Zeit dort oben verbrachte, sie sich liebten und nichts weiter brauchten, als nur ihre Liebe und Zuneigung füreinander. Eine Belohnung für ihr tadelloses Verhalten als verständnisvolle und einfühlsame Ehefrau eines Bankdirektors.

Die Nachmittage vergingen, die Wochen zogen dahin und die letzten Julitage kündigten durch noch heißere Tage einen hochsommerlichen August an, als Stefan an einem Freitagabend gegen neun Uhr das Haus in Begleitung eines jungen Mannes betrat, der unbedingt seine Frau sprechen musste.

Stefan war auf dem Weg nach oben, meldete durch lautes Rufen den Besuch eines Schülers namens Tim an. Maria stürzte die Treppe nach unten, ihm entgegen, sah, mit der Befürchtung, alles erklären zu müssen, eine ruckartige Veränderung ihres bisherigen Lebens vor sich.

Eine Befürchtung, die sie täglich beschäftigte, ihr aber nie einen Blick in die Zukunft zeigte. Sie wusste, dass sich etwas ändern würde, früher oder später musste alles anders werden, doch sie hatte keine Vorstellung davon, wie dieser Moment sich in ihr Leben drängen würde, versuchte vergeblich, die Gedanken daran zu verdrängen.

Maria reagierte blitzschnell, erschrak sogar, wie schlagfertig sie die Situation rettete, dabei nicht einmal lügen musste.

Sie bat ihren Mann, sie mit Tim einen Moment allein zu lassen. Der Junge sei zur Zeit durch den Wind, unglücklich verliebt. Jemand aus der anderen Klasse sei die große Liebe, doch die Eltern seien dagegen. Dann nahm sie den Jungen an die Hand, ging mit ihm vors Haus, die Einfahrt hinunter.

Tim erzählte ihr unter Tränen, dass er schon übermorgen das Land verlassen werde, sein Austauschschuljahr, ein lange geplantes Vorhaben, war genehmigt worden. Ein Jahr Australien sei immer sein Traum gewesen, stotterte er, doch jetzt wollte er nicht mehr weg, wollte hier bei Maria bleiben, für ewig mit ihr zusammen sein. Er wirkte auf Maria wie ein kleines Kind, unfähig eine Entscheidung zu treffen.

Maria hatte sich nicht ausmalen wollen, wie und wann ihre Liebe, die wie ein Gewitterregen über sie gekommen war, einmal enden sollte, doch fürchtete sie, dass diese Liebe so plötzlich auch wieder vorbei sein konnte. Sie wusste, dass ihre Beziehung keine Zukunft hatte, dafür war er zu jung, sie zu alt, doch sie sah es als Chance des Schicksals, auf diese Weise zum Ende ihrer Liebesbeziehung gezwungen zu werden.

Sie versuchte, Tim davon zu überzeugen, dass es nur ein Jahr wäre, ihre Liebe so etwas aushalten werde.

Wenn er wiederkomme, sei sie immer noch hier, würde auf ihn warten, und dann würden sie da weitermachen, wo sie jetzt aufhörten.

Sie selbst wusste, wie unwahrscheinlich das war, was sie dem Jungen sagte und es kamen ihr die Tränen in die Augen, und sie konnte das Weinen nicht länger unterdrücken.

Wie gerne hätte sie Tim in den Arm genommen, ihn geküsst, gestreichelt, ihn geliebt, wie noch einige Stunden zuvor, als sie am Nachmittag gemeinsam im Studio waren.

Doch Maria hatte Stefan am Fenster entdeckt, er schien sie beobachtet zu haben, wie sie dort standen und weinten.

Mit zittriger Stimme erklärte Tim, dass er sich verabschieden müsste, am nächsten Abend mit den Eltern in Frankfurt im Hotel erwartet werde. Er fragte sie noch, ob sie beide nicht zusammen nach Australien gehen könnten, fern von allen Zwängen, denen sie hier unterlägen, ein neues Leben beginnen, ganz neu anfangen könnten.

Noch bevor sie ihrem Geliebten antworten konnte, hörte sie Stefan aus dem Haus kommen, hörte ihn ihren Namen rufen, wie er fragte, ob alles okay wäre.

Sie antwortete ihrem Mann nicht, fühlte sich nicht in der Lage dazu, denn es war nichts okay, nicht für sie und nicht für Tim, nicht einmal für ihren Ehemann.

Noch ein einziges Mal wollte sie Tims Nähe spüren, seine Gefühle in sich aufnehmen, dann, so versprach sie sich selber, Vernunft annehmen, sich verabschieden, ihm Lebewohl sagen.

Sie drückte ihn fest an sich, fester, als sie es je zuvor getan hatte, atmete tief ein, um seinen Geruch nie zu vergessen, sich ewig daran erinnern zu können.

Dann ließ sie ihn los, wusste, dass es falsch war, ihre Empfindungen etwas anderes forderten, ging rückwärts den Aufgang zum Haus hinauf, sah seine Umrisse im Dunkel der Straße immer schwächer werden und ging ins Haus.

Als sie einige Minuten später durch das Küchenfenster zur Straße hinunterschaute, war niemand mehr zu sehen. Tim war gegangen.

Sie hörte Stefan reden. Er stand am Kühlschrank, suchte nach etwas Essbarem. Ohne Marias Tränen und ihre verheulten Augen zu bemerken, sprach er sie an, meinte, sie sollte sich nicht zu sehr in derartige Liebesgeschichten reinhängen, da sie den Jungen sonst nicht mehr loswerde. Schließlich war sie wohl kaum für den Liebeskummer der Schüler zuständig.

Maria hörte ihrem Mann nicht zu, verließ die Küche ohne ein Wort und zog sich in ihr Schlafzimmer im ersten Stock zurück.

Später glaubte sie, dass es dieser Abend gewesen war, der Abschiedsabend von ihrer großen Liebe, an dem sie begann, ihren Mann zu hassen. Ein Hass, der mit jedem weiteren Tag, an dem sie an Tim denken musste, größer wurde, wie ein Geschwür in ihrer Seele wuchs und eines Tages nicht mehr zu ertragen wäre, herausoperiert werden müsste.

In den nächsten Wochen verbrachte Maria viel Zeit mit Doro, die in den Sommerferien nicht in den Urlaub gefahren war, weil ihr Vater im Sterben lag und zu befürchten war, dass er den Sommer nicht überleben würde.

So versuchte Maria, sich abzulenken, besuchte auch ihre Eltern für einige Tage und fuhr mit Doro zum Ausspannen aufs Land. Von ihrem Verhältnis zu Tim erzählte sie ihrer Freundin nichts, aus Angst, sie könnte ihr diese Liebe ausreden wollen.

Als sie wieder zurückkam, spürte sie die Einsamkeit umso deutlicher, je öfter sie allein im Haus war. Jeden Tag ging sie für ein, zwei Stunden ins Studio, hatte dort ihren Schreibtisch aufgebaut, Gedichte geschrieben und auf der Schlafcouch Musik gehört, sich dabei in den Kissen vergraben und geweint.

An einem dieser Tage, die sich wie altes Kaugummi dahinzogen, ihr die Nachmittagsstunden unerträglich werden ließen, fand sie zwischen all der täglich zugestellten Post, die hauptsächlich an ihren Mann adressiert war, eine Ansichtskarte.

Sie sah zuerst nur die Bildseite, wusste aber sofort, dass es Post von Tim war. Vor Freude und Spannung und aus Angst, was er ihr zu berichten hatte, sich gar gut eingelebt haben könnte, sie vielleicht schon nicht mehr vermisste oder ihr schrieb, gerade weil er sie vermisste, ließ sie die gesamte Post vor dem Hauseingang auf die Stufen fallen. Sie rannte ins Haus, nur mit der Karte in den Händen, hoch ins Studio, stellte sie auf ihrem Schreibtisch auf, bestaunte das typisch leuchtend rot dargestellte Motiv des Ayers Rock und zitterte vor Aufregung, fürchtete den Blick auf die Rückseite der Postkarte.

Was, wenn er ihr schrieb, dass alles aus war, sie zwar eine wunderschöne Zeit miteinander hatten, doch jetzt alles anders war, er eine Freundin gefunden hatte, für immer dort bleiben wollte?

Sie starrte auf die Karte und erinnerte sich, wie sie anfangs zögerte, als Tim sie küssen wollte, damals am Stausee. Ja, sie hatte erst noch gezögert, doch nicht weil sie ihn nicht leiden konnte. Nein, vielmehr war es die Angst davor, sich in ihn zu verlieben, ihn nicht mehr loslassen zu wollen, wenn er loslasse.

Sie fragte sich, ob dieser Zeitpunkt nun gekommen war. Sie müsste loslassen, jetzt. Doch sie konnte es nicht.

Nach einer guten halben Stunde entschied Maria, die Karte noch nicht zu lesen, sie wollte ihn noch nicht verlieren müssen, sich Zeit nehmen, um sich mit diesem Gedanken abzufinden.

Sie legte eine CD ein, wählte Musik, die sie mit Tim hörte, wenn sie hier oben waren, setzte sich auf die Schlafcouch und starrte hinüber zum Schreibtisch auf das Foto mit dem roten Stein.

Doch die Musik, die Erinnerung an Momente mit Tim und die Ansicht des Ayers Rock ließen sie nicht ruhiger werden und statt sich mit dem möglichen Umstand, ihn verloren zu haben, abzufinden, spürte sie eine unendliche Sehnsucht nach ihm, seiner Zuneigung, ihren Stunden an den Nachmittagen. Sie sprang auf, griff hastig nach der Karte, drehte sie um und begann zu lesen.

Er hätte es kaum schöner sagen können, als sie las, wie sehr er sie vermisste, jeden Tag an sie dachte, mehrmals gleich, sich vorstellte, sie wäre mitgekommen oder könnte nachkommen.

Es war schön dort, gefiel ihm gut. Freunde hatte er auch schon gefunden, die Schule sei sehr anstrengend, und er bezweifelte, sie weiterhin besuchen zu können. Einen Job hatte er in Aussicht, bei einer Immobilienfirma, die hauptsächlich deutsche Kunden betreute und weit über die Stadtgrenzen hinaus Objekte im Angebot hatte. Er schloss mit Worten von Liebe, die er für sie empfand, und schrieb seine vorläufige Adresse darunter.

Maria war überglücklich, ihr Herz schien laut und schneller zu schlagen, als sie sich mit der Karte in der Hand auf die Couch warf und zu weinen anfing.

Noch am gleichen Abend setzte sie sich an den Schreibtisch und schrieb einen Brief, wählte Worte des Glücks und der Liebe, die ihr zwei Monate zuvor noch lächerlich und kindisch vorkamen, doch jetzt ihre Berechtigung hatten, egal, wie jung oder alt sie war. Sie schloss den Brief mit einem selbstverfassten Gedicht über die Liebe, fand es kitschig und doch passend für ihre Situation. Anschließend machte sie einen Abend-spaziergang, gab am Postschalter einen Airmail Expressbrief nach Australien auf.

In den kommenden Wochen schien der Postbote sie grausam quälen zu wollen, da er außer Werbe- und Geschäftspost für ihren Mann und Tageszeitungen nichts wirklich Wichtiges für sie ablieferte. Sie begann, etwas zu kränkeln, fühlte sich oftmals nicht wohl, blieb zu Hause und hoffte auf den zweiten Postboten, der für Expresslieferungen zuständig war.

Als sie an einem dieser Tage das Haus verließ, um einen Arzttermin wahrzunehmen, kam ihr das Post-auto in ihrer Straße entgegen. Der Postbote blendete mit dem Licht der Scheinwerfer auf, stoppte neben ihrem Auto und strahlte freudig über einen Brief aus Australien, als habe er selbst schon Wochen darauf gewartet.

Es waren gute Nachrichten von Tim. Er hatte sich inzwischen eingelebt, die Schule geschmissen, in der Immobilienfirma erste Kaufverträge abgeschlossen und dabei schon Geld verdient.

Als Maria am frühen Nachmittag die Arztpraxis ver-ließ, hatte sie eine Nachricht für Tim in ihrer Handta-sche verstaut. Es sollte eine Antwort auf seinen Brief sein, ein Foto, das der Arzt auf ihr Drängen hin aus-druckte, meinte, es wäre zwar noch nichts zu erken-nen, doch tat er ihr den Gefallen, da sie sich so über diese Nachricht freute.

Es war ein Ultraschallbild, bestehend aus schwarzen und weißen Flecken, die nur durch den mit rotem Filzstift gezeichneten Kreis in der Mitte etwas vermuten ließen.

Maria war schwanger und überglücklich.

Die Gewissheit, ihren Ehemann als Vater ausschließen zu können, zu wissen, dass nur Tim der Vater sein konnte, gab ihr ein Gefühl der Sicherheit und Zuversicht für ein Leben als glückliche Mutter, die sie bald sein sollte.

Auf dem Nachhauseweg ging ihr alles Denkbare durch den Kopf. Auch, dass es keine gute Nachricht für Tim sein könnte, er glauben müsste, seine Zeit in Australien sei vorbei, Verantwortung für ein Kind Grund genug, seine Träume zu begraben.

So entschloss sie sich dazu, ihm zu schreiben, von ihrer Schwangerschaft aber nichts zu erzählen.

Sie schrieben sich jetzt regelmäßig, beinahe alle zwei Wochen. Maria ging es gesundheitlich wieder besser, und ihr Bauchumfang nahm allmählich zu. Doro war die Erste, die es bemerkte, sich für Maria freute und glaubte, erkannt zu haben, dass nicht Stefan sich darüber freuen könnte und wenn ihre Vermutung richtig wäre, eine Menge Probleme auf Maria zukommen könnten.

Maria war froh, sich Doro anvertrauen zu können, die ihr jede notwendige Unterstützung in dieser Angelegenheit anbot, ihr Mut machte, sie zu dem Gedanken anstiftete, dem jungen baldigen Vater doch noch ein

Foto zu schicken. Doro war sicher, dass er richtig reagierte, was immer richtig in dieser Sache auch bedeutete.

Das neue Jahr hatte bereits begonnen, die Weihnachtsferien waren vorüber und seit drei Wochen hatte Maria keine Antwort auf ihren Brief erhalten, in dem außer einem Zettel mit einem großen Herz darauf nur das Ultraschallbild beigelegt war.

Maria hatte mit einem längeren Brief gerechnet, doch zu ihrer Verwunderung erhielt sie einige Tage später nur eine Ansichtskarte. Das Bild zeigte eine grüne Wiese mit bunten Blumen, wie sie überall auf der Welt zu finden war. Das Besondere daran waren die vielen Schmetterlinge, die in den schönsten Farben über die Wiese flogen. Ein nur kurzer Text war auf der Rückseite zu lesen:

»Hier in Australien kann man das ganze Jahr über die schönsten Schmetterlinge bewundern. Sie bleiben nicht nur einen Sommer. Sie bleiben für immer. Kommt zu mir, dann sehen wir sie uns gemeinsam an. Dein Tim.«

Das war jetzt gut einen Monat her. Seitdem hatten sie beinahe täglich miteinander telefoniert, und Maria freute sich auf Australien, freute sich auf Tim. Er hatte inzwischen ein kleines Häuschen angemietet, direkt auf den Hügeln am Stadtrand, mit Blick über die ganze Bucht, hatte Fotos vom Haus und der Aussicht gemacht, sie per Email geschickt, damit Maria eine Vorstellung ihres neuen Zuhauses bekam.

Maria hatte zwischenzeitlich alles Notwendige für eine unbefristete Freistellung vom Lehrerdienst erledigt, ihren Eltern von einer Auszeit berichtet und war verwundert darüber, wie gelassen sie ihre Schwangerschaft aufgenommen hatten.

Doro unterstützte sie bei Formalitäten mit den Behörden, verlangte dafür, dass sie ihre Freundin jederzeit besuchen dürfte und ermutigte Maria, wenn sie hin und wieder an ihrem Vorhaben zweifelte.

Während dieser Zeit verließ Maria das Haus mit allen Dingen, die ihr wichtig waren, dazu gehörten ihre Musik-CDs genauso wie das Schlafsofa. Sie zog vorübergehend zu Doro und war glücklich, sie in der Nähe zu wissen.

Stefan brauchte eine knappe Woche, bis er den leeren Kleiderschrank bemerkte, ihre Zahnbürste auf der Ablage im Bad vermisste und ihm bewusst wurde, dass Maria abends, wenn er spät ins Haus kam, nicht anzutreffen war. Dass sie schwanger war, erfuhr er erst von ihren Eltern. Es war ihm in der ganzen Zeit nichts aufgefallen, an einen dicken Bauch hatte er sich nicht erinnern können, was er ihren Eltern gegenüber mit einer großen Arbeitsbelastung entschuldigte. Für sein Kind wollte er selbstverständlich Verantwortung übernehmen, sein Sorgerecht notfalls einklagen.

Maria war noch in Gedanken versunken, als neben ihr ein junger Mann sie mit Namen ansprach und darum bat, Platz nehmen zu dürfen. Es war ihr Anwalt, ein alter Studienfreund von Doro, der ihr seine anwaltliche Hilfe anbot, die Scheidungspapiere auf ihren Wunsch hin ausgearbeitet hatte und zur Unterschrift in seinem Aktenkoffer bereithielt.

Nachdem er die Unterlagen auf dem Tisch ausbreitete, empfahl er Maria, sich alles noch einmal in Ruhe durchzulesen, erst dann zu unterschreiben.

Doch Maria zögerte keine Sekunde, nahm dem Anwalt den Füller aus der Hand und unterzeichnete die Scheidungspapiere sowie eine vorher vereinbarte Vollmacht für seine Handlungsfreiheit in ihrem Sinne.

Mehr aus Neugier als aus Höflichkeit fragte der Mann sie nach ihren Plänen für die Zukunft, hatte er doch von Doro gehört, dass sie nach Australien wollte, was ihm, in ihrem Zustand, hochschwanger, ungewöhnlich und wagemutig erschien.

Maria lächelte ihm zu, überlegte einen Moment und gab ihm die für sie einfachste Antwort auf seine Frage:

»Ich werde die Schönheit von Schmetterlingen bewundern. Dort bleiben die Schmetterlinge nicht nur einen Sommer. Sie bleiben für immer.«

Dann verabschiedete sie sich von dem Anwalt, da sie noch ihre Koffer packen musste, in wenigen Tagen ein neues Leben für sie beginnen sollte.

Nach Hause

Noch immer prasselte starker Regen auf die dunkle Straße und den Fußweg direkt vor ihnen. Doch statt sich glücklich darüber zu schätzen, wenigstens unter dem Dach der Bushaltestelle im Trockenen zu stehen, machten sie sich gegenseitig Vorwürfe.

Claudia sprach von schlechten Vorzeichen, die sich schon Tage vor der Reise gezeigt hatten, verfluchte seine Termine, die er bisher an keinem ihrer jetzt schon 25 Hochzeitstage schaffte zu verlegen. Dabei ging es doch um etwas so Wichtiges wie ihre Silberhochzeit. Enttäuscht sah sie sich bereits vor dem Scheidungsrichter, da sie keine Ehe, wie diese es nur noch war, führen wollte.

Thomas wimmelte zunächst ab, nannte es eine typische Übertreibung, so, wie sie jedes Mal übertrieb, wenn es um sein Verhalten ging. Er hatte doch alles versucht, um ihr klarzumachen, wie wenig ihm diese Reise bedeutete, und ja, wenn sie wieder einmal glaubte, dass es notwendig sei sich zu trennen, dann würde er eben ausziehen, müsste sich eine kleine Wohnung in der Stadt nehmen. Seinetwegen könnten sie sofort ihr Hab und Gut trennen, alles schriftlich festhalten.

Das habe er also gewollt, warf sie ein. Schon immer, seit seinem Verhältnis vor zwölf Jahren, als ihm dieses zwanzig Jahre junge Flittchen zugeteilt wurde, seine angeblich »neue Sekretärin«, die doch »so hervorragende Arbeit« für ihn leistete, gierte er nur noch nach anderen Röcken, hatte sich aus seiner Lebensmitte-Krise nie befreien können. Er müsse sich endlich eingestehen, dass er in all den Jahren Federn gelassen, an Attraktivität verloren habe. Er hatte doch wohl nicht wirklich geglaubt, dass diese jungen Dinger ihn in seinem Alter in einer Stadtwohnung besuchen wollten.

Er sei unverbesserlich. Ein alter, geiler Bock, mehr nicht. Zum Teufel solle er sich scheren.

Thomas schüttelte den Kopf, wehrte sich gegen diese hanebüchenen Anschuldigungen, bezeichnete sie als unpassende und taktlose Beleidigungen. Schließlich habe sie sich durch ihre verrückte Selbstfindungsphase, diesem einmonatigen Klosterleben in absoluter Isolation und dem kurz darauf abgelegten Keuschheitsgelübde, ihren ehelichen Pflichten entzogen und sich doch wohl nicht darüber gewundert, dass er ihr nicht mehr näher kam.

Claudia wollte ihrem Mann gerade ins Wort fallen, als plötzlich, wie aus dem Nichts, direkt vor ihnen ein cremefarbenes Taxi die Nacht erhellte, und wie ein Friedenstifter ihren Streit verstummen ließ.

Beide stiegen sie mit schimpfenden Worten ein, klagten gemeinsam über ihre lange Wartezeit, schließlich seien sie nicht mehr die Jüngsten und hätten weiß Gott Besseres zu tun, als hier herumzustehen.

»Nun«, fragte der Taxifahrer in beschwichtigendem Tonfall, »wo soll es denn hingehen?«

»Nach Hause, natürlich«, antwortete Claudia, schaute Thomas dabei an, als suche sie seine Bestätigung für diese Selbstverständlichkeit.

»Natürlich. Nach Hause! Wohin sonst?«, antwortete Thomas.

Während der Taxifahrer den Kopf schüttelte und ein wenig Zeit verstreichen ließ, seine Frage dann noch einmal stellen wollte, um die Adresse zu erfahren, lächelten Claudia und Thomas sich zu, gaben sich zu verstehen, dass sie es noch einmal miteinander versuchen wollten. So, wie sie es jedes Jahr nach ihrem Hochzeitstag noch einmal miteinander versuchen wollten.

In der Enge des Kreises

Er war neu in der Stadt, hatte den Anzeigentext hier im Waschsalon am schwarzen Brett entdeckt, ohne zu zögern die Nummer gewählt.

»Kellner/in gesucht, flexible Arbeitszeiten möglich, gerne auch vormittags, auf Wunsch mit gemütlicher Zwei-Zimmer-Wohnung, 1.Stock über dem Bistro, teilmöbliert, mit kleinem Südbalkon (2qm) an Einzelperson zu vermieten«, hatte auf dem handgeschriebenen Zettel gestanden, darunter eine Telefonnummer ohne Vorwahl.

Das Wasser für die Vorwäsche strömte mit einem unangenehm lauten Zischen durch den gefüllten Vorratsbehälter, spülte das grobkörnige Waschmittel in die Trommel, als am anderen Ende des Telefons im Lokal jemand den Hörer abnahm, von lauter Musik begleitet, eine weibliche Stimme zu hören war, einen unverständlichen Namen murmelte.

»Einfach mal vorbeikommen, dann sehen wir schon«, bekam er auf seine Frage, ob der Job noch zu vergeben sei und auch Anfänger eine Chance hätten, zur Antwort. Nach der Wohnung fragte er gar nicht erst, erwartete die gleiche Antwort.

Während die nasse, mit Waschmittel benetzte Buntwäsche hinter dem Bullauge in immer abwechselnden Links- und Rechtsdrehungen im Seifenwasser nicht zur Ruhe kam, er eine seiner weißen Unterhosen dazwischen entdeckte, bereits dunkle Verfärbungen daran zu erkennen waren, dachte er an den neuen Job als Kellner.

Sollte man ihm dort auch noch eine bezahlbare Wohnung vermitteln können, nicht zu groß und nicht zu klein, wäre ein Neuanfang in der fremden Stadt so gut wie gelungen, nach zwei Wochen auf dem Campingplatz, weiteren drei Wochen in der Jugendherberge endlich ein neues Zuhause gefunden.

Er setzte sich auf einen der Stühle unmittelbar gegenüber der rotierenden Waschtrommel, zog eine Tageszeitung aus seinem Rucksack und suchte nach Wohnungsanzeigen.

Seine Entscheidung, früher aufzustehen, damit einem möglichen Andrang im Waschsalon aus dem Weg zu gehen, war vernünftig gewesen. Er war allein, hatte sich eine Maschine aussuchen können, sich für die sauberste, am wenigsten riechende Trommel entschieden und gehofft, die richtige Wahl getroffen zu haben. Ein gutes Waschergebnis war ihm wichtig, da er seine Zeit nicht vergeuden wollte, sich über Waschmittelreste und ein nochmaliges Spülen ärgern würde.

Zunächst bemerkte er die junge Frau gar nicht, die den Waschsalon betrat, doch als sie ihn ansprach, nach einer Waschmünze fragte, sie gerade kein Kleingeld für den Automaten finden könne, erst noch wechseln müsse, wunderte er sich, verstand nicht, wie eine so gut gekleidete Frau mit einer Papiertüte voller Schmutzwäsche in der Hand dazu kam, hier selbst zu waschen. Unvorstellbar für ihn, dass sie keine Waschmaschine besitzen sollte.

Sie war jung, er schätzte sie auf Mitte zwanzig, in seinem Alter etwa, trug eine schwarze, weit geschnittene Leinenjacke mit messingfarbenen Nieten besetzt, eine dunkelgraue, bequem sitzende Cargohose, dazu weiße, sportliche Schnürschuhe, ebenfalls aus Leinen, und eine schwarze Kappenmütze, unter der ihre Haare vollständig verschwanden, die Haarfarbe nicht erkennen ließen.

Die Frau beeindruckte ihn, ließ ein ungewöhnliches Schauspiel erahnen, schien eine Abwechslung zu den Pantomimen in der Fußgängerzone zu sein, und um seine Langeweile zu vertreiben, schob er ihr eine seiner Waschmünzen über den Tisch, als sei es ihre Gage für eine kurzweilige Show, die sofort beginnen dürfte, er in der ersten Reihe säße.

So lehnte er sich zurück, verschränkte die Arme vor seiner Brust und wartete ihren weiteren Auftritt ab.

Aus der mitgeführten Papiertüte, mit dem Aufdruck 100% recycled, zog sie ein Paar schwarze Sandaletten, stellte sie am Boden ab, griff noch einmal hinein und legte einen größeren schwarzen Stofffetzen auf die Schuhe, darauf eine Sonnenbrille.

Den restlichen Inhalt der Tüte, Schmutzwäsche, wie er zu erkennen glaubte, schüttete sie in die Waschtrommel, warf die braune, zerknitterte Tüte hinterher.

Dann nahm sie ihre Kappe ab, schüttelte ihre langen, hellblonden Haare aus, rubbelte mit der freien

Hand durchs Haar und ließ ihre Kappe in der Trommel verschwinden.

Anschließend, er meinte so etwas bisher nur im Fernsehen gesehen zu haben, zog sie vor seinen Augen erst ihre Jacke, dann die Leinenschuhe und letztlich ihre Hose aus, warf alles zusammen in den rostfreien Edelstahlbehälter.

Barfuß, mit einem weißen T-Shirt und einem himbeerfarbenen Slip bekleidet, stand sie vor der Maschine, drehte mit flinken Handgriffen an den Schaltern und startete den Waschvorgang.

Den schwarzen Stoff, der sich als Minirock entpuppte, streifte sie über ihre schlanken, hellhäutigen Beine, setzte sich die Sonnenbrille ins Haar, schlüpfte in die Sandaletten und beobachtete nebenbei die Menschen, die draußen vor der Glasscheibe des Salons vorüberliefen.

Verblüfft hatte er jede ihrer Bewegungen verfolgt und so fiel ihm auf, dass sie während dieses perfekt funktionierenden Handlungsablaufs, der aus seiner Sicht einiges an Übung erforderte, ihm nicht einen einzigen Blick zugeworfen hatte.

Plötzlich wandte sie sich ihm zu, bat ihn, einen Moment auf ihre Wäsche zu achten und ohne eine Antwort abzuwarten, verließ sie mit einem Lächeln auf dem Gesicht den Waschraum.

Er blickte ihr nach, sah, wie sie vor der Tür, nach links und rechts schauend, die verkehrsberuhigte Fußgängerzone überprüfte. Sie wechselte zur gegenüberliegenden Geschäftszeile, verschwand dadurch aus seinem Sichtfeld.

Er hatte aufstehen müssen, war bis zur Scheibe vorgetreten, suchte sie zwischen den aufgeklebten Buchstaben »Waschsalon« hindurch in der Menge der Fußgänger auf der anderen Straßenseite. Nur durch ihre blonden, vom Sonnenlicht hell leuchtenden Haare fand er sie wieder, erkannte sie am Tisch eines Cafés sitzend, wie sie einen vorbeilaufenden Kellner ansprach, eine Bestellung aufgab.

Er empfand ihr Auftreten als sehr selbstbewusst, ihm gegenüber beinahe als dreist. Ihrer Bitte, auf die Wäsche zu achten, wollte er nicht nachkommen, den Waschsalon verlassen, sobald seine Buntwäsche das Trockenprogramm durchlaufen hatte.

Das plötzlich einsetzende Poltern in ihrer Maschine wunderte ihn nicht, schließlich hatte sie alle Kleidungsstücke, sogar die Schuhe, dort hineingeworfen. Er fragte sich, was sie dazu veranlasste und war davon überzeugt, dass sie etwas zu verbergen hatte.

Einige Minuten später war er zu seinem Platz zurückgekehrt, nahm die Zeitung wieder zur Hand, suchte nach weiteren Wohnungsangeboten. Doch er konnte sich nicht darauf konzentrieren, dachte über diese Frau nach, fragte sich, ob ihr Auftritt eine Bedeutung hatte und wenn ja, welche.

Mehr als eine Stunde war inzwischen vergangen, seine Wäsche getrocknet, als diese gutaussehende, junge Frau mit den langen Beinen, die ihm noch eine

Waschmünze schuldete, plötzlich wieder im Salon erschien. Ohne zu ihr aufzuschauen, hatte er bereits mit dem Zusammenlegen seiner Pullover begonnen, bemerkte, dass sie neben ihm stehen blieb, beim Sortieren der Unterhosen zusah.

»Die weiße mit den schimmernden Farben ist wohl ein ganz besonderes Exemplar.« Sie lachte und setzte nach. »Zu welchen Anlässen wird sie getragen?«

Eine Minute zuvor hatte er sich über seine fehlende Aufmerksamkeit beim Vorsortieren der Wäsche und diese verfärbte Unterhose noch geärgert, doch jetzt, da sie aus diesem Fehler einen leichten Witz, eine spitze Bemerkung machte, war der Ärger verflogen und, wie er glaubte, das Eis zwischen ihnen gebrochen.

Er lachte, wollte ihr zeigen, dass er einen Witz, der auf seine Kosten ging, durchaus vertragen konnte.

»Vermutlich gar nicht mehr«, antwortete er, nahm die Hose in beide Hände, hielt sie gegen das Licht, »sieht aus wie ein Liebestöter, oder?«

»Sie stehen auf Reizwäsche?«, vermutete sie, durch seine Bemerkung angestichelt.

»Nein«, er machte eine kurze Pause, »ich denke nicht.« Wie dumm, dachte er. Musste er sich jetzt schon selbst zum Langweiler abstempeln? Er sollte diese Antwort korrigieren, möglichst schnell.

»Was nicht heißen soll, dass ich Reizwäsche nicht mag. Sie kann schon sehr erotisch sein und hat ihre Berechtigung beim Sex.«

Was redete er nun wieder daher? Er kannte diese Frau doch gar nicht. Und nur, weil er sie attraktiv fand, hatte er begonnen, intime Fragen zu beantworten?

Er sollte den Spieß umdrehen, selbst das Gespräch leiten, sie fragen, was sie davon hielt.

»Was denn nun?«, fragte sie nach, noch bevor er seine Frage in Worte fassen konnte, »stehen Sie drauf, oder nicht?« Er sah im Augenwinkel, wie sie schmunzelte, sich darüber amüsierte, ihn damit aus der Fassung zu bringen.

Er spürte ihre Überlegenheit, sah sie an, wollte ihr signalisieren, dass er kein Interesse an dieser Art Spiel hatte, als sie ihm einen Becher Kaffee reichte, einen zweiten in der anderen Hand hielt.

»Mit Milch und Zucker ist richtig, oder?«, fragte sie mit versöhnlicher Stimme, zwinkerte ihm zu.

Er antwortete mit einem höflichen Lächeln und schuldbewusst, sie als dreist oder gar unverschämt verurteilt zu haben, nahm er den Becher entgegen, vermied es, ihr dabei in die Augen zu schauen, und fragte sich, wie sie wissen konnte, wie er seinen Kaffee trinkt.

Als er den Becherrand am Mund ansetzte, fasste sie ihn am Arm, verzog das Gesicht, »Vorsicht«, warnte sie, hob dabei den Zeigefinger, »der ist wirklich heiß.«

Er stutzte einen Moment, nickte, nahm einen Schluck, verzog das Gesicht beim Schlucken und, als habe er sich gerade die Zunge und den Rachen verbrannt, antwortete er kurz »danke«.

Dann nahm er wieder seinen alten Platz ein, starrte in seine Waschmaschine, die jetzt leer war, überlegte kurz und formulierte seine Frage.

»Wieso«, er machte eine Pause, »wieso machen Sie das?«

»Sie waren so freundlich und haben auf meine Wäsche aufgepasst.« Sein Blick schien ihr zu sagen, dass er ihre Erklärung noch nicht verstanden hatte. »Das war hilfsbereit von Ihnen«, fügte sie hinzu.

»Aber nein«, gab er zurück, »das war es nicht. Ich wollte gehen, sobald meine Wäsche fertig ist.«

Er machte eine Pause. »Glauben Sie, jemand hätte Ihre Wäsche stehlen wollen?«

Sie lächelte ihn an. »Wer weiß«, gab sie zur Antwort, »ein Fetischist vielleicht.« Sie lachte, als glaubte sie selbst nicht an diese Möglichkeit, »jemand, der schmutzige Wäsche mag?« Wieder lachte sie.

»Und außerdem glaube ich nicht, dass Sie gegangen wären.«

Schlürfend nahm er einen weiteren Schluck aus seinem Becher, schaute sie mit fragendem Blick an, wartete auf eine Begründung ihrer Vermutung.

Er war sicher, sie würde es damit begründen, dass er selbst hier saß, seine Wäsche nicht aus den Augen ließ, sie bewachte, damit man sie ihm nicht stehlen könnte. Doch er täuschte sich, war auf ihre Antwort nicht gefasst.

»Sie sind ein ehrlicher Mensch«, erklärte sie, »das kann ich erkennen.«

Sie schaute ihm ins Gesicht. »Ihre Augen verraten es.« Wieder lächelte sie.

Obwohl ihm in dieser Angelegenheit nicht ganz wohl war, die Fremde für seinen Geschmack zu offensiv mit ihm zu flirten schien, gefiel ihm, was sie sagte, wie sie es sagte.

Er wollte, nicht nur aus Höflichkeit, ein Kompliment zurückgeben, mit ihr ins Gespräch kommen, doch es fiel ihm nichts Originelles ein. So schwieg er eine Weile.

Er stand wieder auf, beendete seine kurze Pause, legte wieder einen seiner frisch duftenden Pullover zusammen, trank hin und wieder von seinem Kaffee.

Die Frau war ebenfalls aufgestanden, setzte sich auf den Tisch, an dem er seine Wäsche faltete, beobachtete ihn dabei.

Plötzlich wurde es draußen laut, Polizisten, einige zu Pferd, patrouillierten in Zweiergruppen durch die Fußgängerzone, sprachen mit Passanten, andere, ebenfalls in Zweiergruppen, gingen in die Geschäfte auf der anderen Seite der Ladenzeile, über ein Megaphon war eine Männerstimme zu hören.

Die Frau wandte ihren Kopf zur Eingangstür, beobachtete durch die Schaufensterscheibe die Gesten der Polizisten, die mit Handys telefonierten und Funkgeräte bedienten. Einer von ihnen gab Anweisungen, zeigte die Straße hinunter, auf die Läden auf beiden Seiten des Weges, auch in ihre Richtung, zum Waschsalon.

Ohne ihren Blick von der Tür abzuwenden, sprach sie ihn an.

»Haben Sie schon mal eine fremde Frau geküsst?«

Er zögerte einen Moment, doch es war keineswegs, weil er darüber nachdenken musste, sich nicht erinnern könnte. Nein, er verstand nicht den Zweck der Frage, antwortete deshalb in fragendem Tonfall mit einem zaghaften »Nein!?«

Der Gedanke, sie zu küssen, gefiel ihm. Er hatte ihn bisher verdrängt, um nicht aufdringlich zu wirken, doch sie gefiel ihm, sehr sogar. Gleich als sie ihn ansprach, nach der Waschmünze fragte, hatte er das gewusst.

Erwartungsvoll stand er da, wünschte sich, dass sie sich zu ihm umdrehte.

»Und Sie?«, fragte er schnell nach, um den Faden des Gesprächs weiterzuspinnen, »haben Sie schon mal einen fremden Mann geküsst?«

Doch sie sah ihn nicht einmal an, als er seine Frage stellte, hüpfte vom Tisch, bewegte sich mit langsamen Schritten, wie aus einer Deckung heraus, auf die Scheibe zu. Hatte sie seine Frage überhaupt gehört? Er sah sie an, fragte sich, ob er seine Frage noch einmal stellen sollte. Sie war nicht ansprechbar, ging zu ihm zurück,stellte sich neben ihn an den Tisch. Ihre Frage schien sie vergessen zu haben, starrte nur zur Eingangstür, in der jetzt zwei Polizisten zu sehen waren, die Tür öffneten und den Salon betraten.

Ohne zu grüßen kamen sie gleich zur Sache, einer der Beamten fragte, ob sie einen Mann gesehen hätten, dunkle Kleidung, mit Mütze, ungefähr 1,80 Meter groß, von kräftiger Statur, um die vierzig etwa. Sie hatten nacheinander beide mit »Nein« geantwortet. Erst sie, dann er.

Man wollte von ihnen wissen, wie lange sie schon hier im Salon waren. Sie schaute ihn an, »Schatz, was meinst du? Eine gute Stunde vielleicht, oder?«

Sie spielte ihre Rolle überzeugend, dachte er, hoffte, mit seiner Antwort gleichziehen zu können, schaute auf seine Armbanduhr. »Ja, das kommt hin«, bestätigte er mit einem Kopfnicken, »genau eine Stunde, Liebling.«

Der zweite Beamte fragte nach einem möglichen Hinterausgang, woraufhin die Fremde nur den Kopf schüttelte. Dann entdeckten die Polizisten die Videokamera. Enttäuscht stellten sie fest, dass der Erfassungsbereich nur den Geldwechsler im hinteren Eck des Salons zeigte, den Eingangsbereich und die Fensterfront jedoch nicht abdeckte.

Die Polizisten bewegten sich bereits in Richtung des Ausgangs, als er nachfragte, wissen wollte, was passiert war. »Ein Überfall auf einen Geldtransporter«, erklärten sie, nannten eine Summe von dreißigtausend Euro, sprachen von einer »dreisten Masche« und einem »bewaffneten Täter, der spurlos verschwand«, eine Ringfahndung laufe bereits.

Sogar ein Herrenrennrad habe man schon entdeckt, es als mögliches Fluchtgefährt erkannt und sei sicher, dem Täter, der jetzt wohl zu Fuß unterwegs sei, sehr dicht auf den Fersen zu sein.

In der Enge des Kreises, man beschränke sich bereits auf einen Radius von nur noch einhundert Metern, habe der Räuber letztlich keine Chance.

Mehr könnten sie zur Zeit nicht sagen. Dann verließen sie den Raum, zogen in der Ladenzeile weiter in Richtung des Marktplatzes, auf dem der Wochenmarkt gerade begonnen hatte, durch das gute Wetter ein reger Betrieb zu erwarten war.

Wie angewurzelt standen sie beide im Raum, waren noch immer von der Situation ergriffen.

»So, so«, begann er, »ein Mann um die vierzig, von kräftiger Statur.« Er konnte sich ein Schmunzeln nicht verkneifen.

Mit zittriger Stimme antwortete sie ihm, »Wenn Sie als bewaffneter Sicherheitsmitarbeiter eines Geldtransporters, womöglich mit einer Nahkampfausbildung, ausgetrickst werden, sogar zu zweit sind, würden Sie nicht auch erklären, dass es Supermann war, der Ihnen das Geld abgenommen hat?«

»Bewaffnet?«, setzte er sofort nach.

»Natürlich nicht!«, sie schien entsetzt, dass er das glaubte.

Nachdenklich sagte er: »Dreißigtausend Euro. Denken Sie, dass man die Scheine ausgeben kann? Die sind doch bestimmt nummeriert. Die werden Sie kriegen, so oder so.«

»Nein. Die sind nicht nummeriert. Es sind Rückläufer, beschädigt, verdreckt, eingerissen. Für Geldautomaten und Zählmaschinen nicht mehr zu gebrauchen. Die nummeriert keiner mehr. Die werden entsorgt. Geschreddert.«

»Jetzt wohl nicht mehr«, witzelte er und, neugierig geworden, »eine Menge Geld. Was macht man mit soviel Geld?«

»Vielleicht eine Waschmaschine kaufen«, sie lachte, hatte sich wieder gefasst, »und wenn man es gut einteilt, ein ganzes Jahr davon leben.«

»Ein ganzes Jahr?«, fragte er ungläubig nach.

»Warum nicht? Wenn man sparsam ist.«

»Sollte man nicht besser arbeiten gehen?«, er dachte an den Job als Kellner, den er vielleicht schon morgen beginnen würde, fragte sich, wie lange er dafür dort bedienen müsste. Er wandte sich zu ihr, wollte eine ehrliche Antwort. »Ist es das Risiko, erwischt zu werden, wert?«

»Wenn das Risiko nicht zu groß ist. Vielleicht schon.«

»Es war groß«, gab er zu bedenken, »zu groß.«, fügte er hinzu.

»Ja, stimmt.«, gab sie zu.

»Ich weiß nicht wieso, aber die waren sofort da. Und auch gleich so viele von denen. Als hätten sie schon gewartet.«

89

Er sah sich bestätigt. »Also doch. Das Risiko war also doch zu groß.«

»Es gab einen Plan B«, verteidigte sie sich.

Er glaubte seinen Ohren nicht zu trauen. »Einen Plan B?«, fragte er lachend nach.

»Ja.«, gab sie zurück, ohne jegliches Verständnis für seinen Lacher.

»Das war Plan B?«, er lachte immer noch.

»Sie waren Plan B«, erklärte sie kurz.

Er schüttelte den Kopf, verstand nicht, was das bedeuten sollte. »Aber«, stotterte er, »das war nicht planbar. Sie konnten nicht wissen, wie ich reagiere.«

»Das war das Risiko an Plan B. Aber es hat funktioniert, oder?« Sie sah ihn an, wartete auf eine Antwort.

»Aber Sie hatten doch keine Gewissheit.« Er versuchte es zu erklären. »Ich könnte auf die Straße laufen, nach der Polizei rufen, denen sagen, wer Sie sind.«

Sie wartete einen Moment, als könne er die Erklärung selbst erkennen.

»Ja, das könnten Sie, aber Sie werden es nicht tun.«

Er äffte sie nach, »aber Sie werden das nicht tun. Warum bitte schön sollte ich das nicht tun?«

Mit kühler Stimme begann sie eine eiskalte Logik zu präsentieren.

»Es wird nach einem Mann mit kräftiger Statur gesucht, um die vierzig. Man würde denken, Sie hätten kalte Füße bekommen, wollten die Schuld auf ein so zartes Geschöpf, wie ich es bin, abwälzen. Auch wenn sie nicht von kräftiger Statur sind, denken Sie wirklich, man würde Ihnen glauben?«

Er war sprachlos, versuchte sich zu konzentrieren, suchte nach einem Fehler in ihrem Plan B. Sein Blick wanderte ziellos durch den Raum, blieb an der laut arbeitenden Waschmaschine hängen. Sie folgte seinem Blick.

»Richtig«, sagte sie Gedanken lesend, »die Sachen in der Trommel. Aber es ist Männerkleidung, würde eher Ihnen als mir passen. Selbst die Schuhe sind für Männer und mir mindestens eine Nummer zu groß.«

Noch immer schwieg er, fragte sich, wie diese Geschichte weitergehen sollte, was ihre Absicht war.

Sie setzte zur abschließenden Erklärung an, »Glauben Sie mir, wir sind Komplizen. Ihr Alibi bin ich und meines sind Sie. Aus dieser Enge kommen wir nur gemeinsam raus.«

Er war der Meinung, sie selbst habe das Stichwort gegeben, so begann er ein Gedankenspiel mit ihr.

»Okay«, sagte er, »mal angenommen, Sie haben recht und wir wären«, er hob den Zeigefinger, »wohlgemerkt, *wären* Komplizen. Was springt für mich dabei heraus? Ich soll alles für mich behalten, Sie nicht verraten und mit dem ganzen Geld ziehen lassen?«

Sie antwortete nicht auf seine Frage und er glaubte schon, sie habe nicht verstanden, worauf er hinauswollte. So fragte er kurz: »Wo ist der Deal?«

»Es gibt keinen.«, war ihre Antwort.

Er sah sie an, wartete. Das konnte unmöglich alles sein. Sie würde es erklären müssen.

»Aber ich mag Sie. Sie haben mir geholfen und das ehrt Sie, jedenfalls sehe ich das so.« Sie drehte sich um, ging zum Fenster, suchte nach den Polizisten.

»Sie haben sich eine Belohnung verdient. Aber Sie müssen sich gedulden.«

Sie kam mit einem Ausdruck der Erleichterung im Gesicht wieder zurück.

»Wir sehen uns nächsten Donnerstag um die gleiche Uhrzeit wieder hier«, sie reichte ihm die Hand, »abgemacht?«

Er stutzte einen Moment, zeigte einen Ausdruck von Enttäuschung auf dem Gesicht, hatte mehr von ihr erwartet, als nur der Prügelknabe zu sein.

»Okay«, sagte er nachgebend, nickte mit dem Kopf, »die Runde geht dann wohl an Sie. Ich kann keinen Ärger gebrauchen, nicht jetzt.«

Er streckte seine Hand aus, schlug auf diese vertröstenden Worte ein.

Dann nahm er seine restliche Wäsche, warf sie, mit einem Ausdruck von Verärgerung, in seinen Wäschekorb, griff nach seinem Rucksack. »Ich dachte schon, wir verstehen uns, irgendwie. Das war dann wohl nichts. Sie haben mich nur benutzt, stimmt`s?«

»Ja, vermutlich«, sagte sie nur.

Noch einmal sah er sie an, »Ich sollte gehen, bevor es noch schlimmer wird.«

Beim Hinausgehen drehte er sich noch einmal zu ihr um. »Ich weiß zwar nicht warum, aber«, er dehnte seine Worte, ließ sie dadurch dramatischer klingen, »ich wünsche Ihnen viel Glück in dieser Sache.«

Sie blieb wie angewurzelt am Tisch stehen, schien mit dieser Verabschiedung selbst nicht besonders glücklich zu sein, antwortete nur »Danke. Bis Donnerstag.«

Dann fiel die Tür des Waschsalons lautlos ins Schloss.

Was für ein Tag, dachte er. Ob sie am Donnerstag wohl wirklich kommen würde, fragte er sich.

Grund genug hätte sie, da war er sich sicher. Aber, ob er auch kommen sollte? Nein, besser nicht.

Sie war nicht zu unterschätzen, wie er gelernt hatte.

Er sah nach rechts hinunter zum Marktplatz, auf dem inzwischen reger Trubel herrschte, die Polizisten den Kreis immer enger zogen, schon Sichtkontakt miteinander hatten.

Er hatte diesen enger werdenden Kreis verlassen und sich selbst einen Meister der Ablenkung nennen dürfen, sonst hätte die fremde Frau vielleicht doch ernst gemacht und man hätte ihn als Bankräuber verdächtigt.

»Bankraub«, murmelte er lächelnd vor sich hin, »viel zu gefährlich.«

Es musste genügen, wenn man Komplize war, dachte er, klopfte dabei mit der rechten Hand gegen seinen Rucksack, setzte ihn auf und war sich darüber im Klaren, wie wertvoll der Inhalt war.

Es war dieses Poltern in der Maschine gewesen, hatte geklungen, wie ein Stück Holz, das ständig gegen die Wände der Trommel schlug. Er hatte ins Bullauge gesehen, dachte zunächst es seien die Schuhe, die durch die Drehbewegungen gegen die Stahltrommel geschleudert wurden.

Dann hatte er im schäumenden Seifenwasser die in Folie eingeschweißten Bündel entdeckt. Für einen kurzen Moment stoppte die arbeitende Trommel, zog erneut Wasser, als er auf einem der Bündel das Motiv eines zwanzig Euroscheins vor sich sah.

Er unterbrach den Waschgang, zog am Drehknopf, um das Wasser abzupumpen, öffnete die Luke und suchte zwischen der nassen Wäsche zwei der insgesamt sechs Bündel heraus.

Anschließend schloss er die Luke wieder und startete den Hauptwaschgang.

Die in Folie eingeschweißten Päckchen hatte er in den Sportteil seiner Tageszeitung eingerollt und in seinem Rucksack, ganz unten am Boden, verstaut.

Er fragte sich, ob es wirklich notwendig sein würde, alle Scheine zu waschen, hoffte, dass die Folie beim Waschen nicht beschädigt oder gerissen war. Sonst würde er einige Zeit brauchen, die Banknoten zu trocknen. Ein Trockner wäre für diese Arbeit wohl am Besten geeignet.

Doch zunächst einmal sollte er sich um den Job und die Wohnung bemühen, groß sollte sie sein, mit viel Platz im Bad, genug Platz für eine Waschmaschine und vielleicht auch noch einen Trockner.

Er bog nach links ab, in Richtung des Theaters. Dort, so hatte die Frau am Telefon ihm beschrieben, liefe er direkt auf das Bistro zu, könne es gar nicht übersehen. Auf dem Weg dorthin wollte er gleich bei seiner Bank vorbeigehen, ein Schließfach mieten, um seinen Anteil gegen Diebstahl zu schützen.

Er fragte sich, ob es seine Bank war, die an diesem Vormittag überfallen wurde.

Das Missverständnis

»Das ist Nina.«, sagte er mit einem Lächeln, zwinkerte dem breitschultrigen Mann zu. Und, als wollte er sich mit seiner Erklärung brüsten, der jungen, attraktiven Frau beweisen, wie er diese Situation zu meistern verstand, fügte er hinzu, »Sie isch scho 'di Letschti'.«

Er betonte jedes einzelne Wort, tänzelte ein wenig mit dem Oberkörper, riss seine Augen dabei weit auf. So, als sei es eine fast überflüssige Information, teilte er sie dem Türsteher in übertriebener Art und Weise mit. Aber diesen staunenden Blick, den der Türsteher zeigte, hatte er sich von Nina gewünscht. Er wollte ihr signalisieren, dass er es nicht auf eine flüchtige Bekanntschaft abgesehen hatte, sondern an ihr interessiert war, als Deutscher sogar ihre Sprache, Schweizerdeutsch, lernen und verstehen wollte.

Doch Nina reagierte anders als erwartet, ihre rechte Hand hatte sich blitzschnell seiner linken Wange genähert.

Als er das laute Klatschen am Ohr vernahm, der Schmerz auf der Wange wie Feuer brannte, fragte er sich, was geschehen war, und er musste erkennen, dass Nina es ihm nicht erklären würde, da sie bereits mit dem dunkel gekleideten Muskelprotz im Eingangsbereich des Clubs verschwunden war. Noch immer war ihm nicht klar, was passiert war, doch irgendetwas, ein

Missverständnis vielleicht, hatte die Situation in Sekundenschnelle verändert.

Er hatte Nina erst an diesem Abend kennengelernt. Zufällig und ohne Hintergedanken hatte er in dem Züricher Bistro gleich neben ihr an der Theke einen Platz eingenommen, sie anfangs nur von hinten wahrgenommen, ihre langen, im Lichtschein glänzenden, schwarzen Haare bewundert.

Er versuchte gerade, sich vorzustellen, wie schwierig es sein musste, wenn sie sich ihre Haare wusch, das Trockenfönen dieses Haarschopfs eine kleine Ewigkeit dauern musste, als sie sich zu ihm umdrehte, ihn anlächelte, ihm zu verstehen gab, dass sie sich über seine Platzwahl freute.

Nichts Unverfängliches und erst recht nichts Vernünftiges fiel ihm ein, um mit ihr ins Gespräch zu kommen. Dann sprach er sie auf ihre Haare an, fragte, wie aufwändig das Waschen und Trocknen dieser wunderschönen Haarpracht sein müsste und kam so doch noch mit ihr ins Gespräch.

Später dann wollte sie gerne noch Tanzen gehen, und er schlug den Club vor, den er am Abend zuvor besucht hatte. Doch Nina beichtete ihm, dass sie erst siebzehn sei und bei einer Kontrolle vor gut einem Monat bereits an der Eingangstür abgewiesen wurde.

Ihr Wunsch, dort Tanzen zu gehen, kam ihm sehr gelegen, schließlich hatte er dort den Türsteher kennengelernt, der bei einer Auseinandersetzung mit pöbelnden Gästen seinen Geldbeutel aus der Hosentasche verloren hatte. Er hatte es in der Dunkelheit bemerkt, die prall gefüllte Brieftasche aufgehoben und anschließend dem bulligen Typen zurückgegeben. Erfreut über sein ehrliches Verhalten hatte sich der Mann bei ihm bedankt, ihn zu freiem Eintritt und auf ein Bier im Club eingeladen.

Hier wollte er mit Nina erscheinen, sie beeindrucken, denn hier kannte man ihn bereits, würde ihn als besonderen Gast willkommen heißen. Das mit dem Alter würde er mit einem Augenzwinkern und einer witzigen Bemerkung schon klären, ihr Alter mit ´Zwanzig` angeben. Nina, seine neue Freundin, würde begeistert sein.

Dachte er.

Doch dann lief alles ganz anders. Der Türsteher ließ ihn mit einem enttäuschten Gesichtsausdruck einfach stehen, und Nina warf ihm nicht mal mehr einen verächtlichen Blick zu, war unter Tränen und mit einem kläglichen Wimmern in den tröstenden Armen des zwei Köpfe größeren Beschützers im Eingang des Clubs verschwunden.

So landete er an diesem Abend wieder in dem Zürcher Bistro, nahm noch einmal die Ausgabe der Zeitschrift zur Hand, die er tags zuvor schon durchblätterte, suchte nach einer Bestätigung seiner Bezeichnung für die Zahl 'Zwanzig'. Ganz deutlich hatte er es dort gelesen, fand es auch jetzt wieder vor sich. Nach der Seite ´nünzäh`, die, wie alle vorhergehenden, in Schweizerdeutsch aufgeführt war, kam die Seite zwanzig, die ganz klar und deutlich als 'di letschti' dort geschrieben stand.

Auch jetzt erschien es ihm wieder unverständlich, dass die Seitenzahl ´zwanzig` auf Schweizerdeutsch so deutlich anders klang, als alle vorhergehenden.

Er sollte nachfragen, dachte er, gleich hier im Bistro jemanden ansprechen und die Geschehnisse des Abends schildern.

Er entschied sich für den Barkeeper, wollte ihn gerade ansprechen, als zwei junge Frauen neben ihm an der Theke Platz nahmen, sich in deutscher Sprache unterhielten. Eine der beiden lächelte ihn an. Sie trug langes, schwarzes Haar und erinnerte ihn an Nina.

Ein Zeichen, dachte er, kein Zufall. Sogar ein Gesprächsthema hätte er schon.

Würde er letztlich doch noch einen amüsanten Abend in der Stadt erleben?

Abschied

Aus einem der großen Deckenlautsprecher, die wie silberne Ballons im Saal schwebten, hörte sie ihren Namen ertönen. Eine freundlich klingende Stimme bat sie, auf die Bühne zu kommen.

Es erschien ihr unmöglich, doch sie fühlte seine Hand, wie sie schützend auf ihrer Hand lag, hörte seinen Atem ganz dicht an ihrem Ohr, nahm sogar die Wärme seines Körpers wahr. Sie wusste es besser, doch sie glaubte, ihn ganz nah bei sich zu spüren. Ein letztes Mal lächelte sie ihm zu. Sie wollte ihn fragen, ob er noch da sein werde, wenn sie zurückkomme, hier auf sie warten werde, doch sie tat es nicht. Sein trauriger Blick war ihr Antwort genug. Sie wusste, dass dieser Tag kommen würde. Der Tag, an dem er aus ihrem Leben gehen würde, damit sie ihres leben könnte.

Nur zögerlich löste sie sich aus seiner schützenden Berührung, stand auf, griff nach ihrer Handtasche, in der nur ein Briefumschlag zur Aufbewahrung Platz fand.

Es war ein mit dunkelblauer Tinte handgeschriebener Brief von der Größe einer halben Buchseite. Unbedeutend für die geladenen Gäste, doch für sie ein ganzes Leben wert. Ein Leben mit viel Zeit, unendlich viel Zeit. Mehr Zeit als sie brauchte.

Sieben Stufen waren es bis zum Podium, die sie beim Hinaufsteigen gedanklich mitzählte, ihr durch die Zahl mystisch erschienen. Noch während des Applauses räusperte sie sich, bedankte sich beim Laudator mit leicht geneigtem Kopfnicken für seine Ankündigung und trat ans Rednerpult vor.

»Danke. Vielen Dank«, sie lächelte, blickte nach links und nach rechts in den schwach beleuchteten Saal, der die Konturen der Zuhörer verwischte, sie zu einer dunklen Masse Neugieriger verschmelzen ließ.

Sie suchte ihren Tisch im Halbdunkel, wollte Toms Blick einfangen, von dem sie sich etwas Mut machendes erhoffte, doch das auf sie gerichtete Licht der Scheinwerfer blendete zu stark.

Der Beifall ebbte allmählich ab. Maria fühlte das gespannte Lauschen des Publikums nach ihren Worten. Dann durchbrach sie die Stille.

»Vermutlich haben viele von Ihnen schon einiges über mein Buch gehört, vielleicht auch darin gelesen, sodass ich mir für den heutigen Abend etwas anderes überlegt habe, als Passagen daraus vorzutragen. Es ist selten genug, dass die Presse sowie mein Verlag etwas aus meinem Privatleben erfahren. Meine treuen Leser mögen mir dieses Leben in beinahe völliger Abgeschiedenheit verzeihen, doch nur unter diesen Bedingungen ist es mir möglich zu schreiben.«

Sie machte eine Pause, gab ihren Worten damit etwas Unumstößliches und Endgültiges.

»Ich möchte Ihnen heute einige Zeilen vorlesen, die lange Zeit nur für mich bestimmt waren und niemand sonst zu lesen bekam.«

Wieder suchte sie Toms Blick in der Zuschauermenge, doch sie hatte, vermutlich wegen der Aufregung, die Orientierung verloren, fragte sich, wie sie nach ihrer Rede je wieder zu ihrem Platz finden sollte.

»Es ist ein Brief, den ich Ihnen vorlesen möchte. Ein Brief, der mein ganzes Leben verändert hat. Ein Brief, ohne den es dieses Buch und meinen Auftritt heute Abend nie gegeben hätte. Ein Brief, der mir Zeit schenkte. Zeit, in der ich Gefühle der Sehnsucht kennenlernte, wie ich sie nie für möglich gehalten hatte.«

Sie schnappte den Magnetverschluss ihrer Handtasche auf, zog den Bogen aus dem Briefumschlag und faltete ihn auseinander.

Jetzt gab es kein zurück mehr. Nicht für sie und nicht für Tom, den Briefschreiber. Dann begann sie, die Zeilen vorzulesen.

Meine geliebte Maria,

eine gute Stunde sitze ich nun hier bei Dir, sehe Dir beim Schlafen zu. So sanft und gleichmäßig atmest Du. Für immer möchte ich hier bei Dir sein, Dich einfach nur anschen, Deine Hand halten. Wie schön Du bist.

Es gibt eine gute Nachricht. Die Ergebnisse des Labors sind ausgewertet, und ich komme als Organspender in frage.

Ich weiß, was Du denkst, aber überlege es Dir noch einmal.

Der Professor hat mir erklärt, dass solche Transplantationen alltäglich sind, Komplikationen seltener auftreten und bei mir kaum zu erwarten sind.

Anfangs müssen wir uns beide noch etwas schonen, aber ich sollte kurze Zeit später gut damit leben können und auch Dir sollte es bald schon besser gehen.

Du wirst wieder gesund sein und, mit wenigen Ausnahmen, ein ganz normales Leben führen können.

Was brauchen wir sonst? Wir haben doch uns. Und das ist mehr, als wir erwarten durften.

Meine liebste Maria, ich denke, vor uns liegen wunderbare Zeiten.

In Liebe Dein Tom

P.S.: Komme später wieder vorbei, dann reden wir über alles.'

Maria hob den Kopf, ihre Augen wirkten glasig. Das Licht der Scheinwerfer spiegelte sich darin. Sie hatte kaum noch etwas sehen können, eine Träne lief die Wange hinunter.

Die letzten Zeilen des Briefes hatte sie vorgelesen, ohne auf das Blatt zu sehen. Sie kannte diese Worte auswendig. Alle Worte.

Unzählige Male hatte sie diesen Brief gelesen, immer wieder nach einer Botschaft darin gesucht, aus der sie mehr als nur die geschriebenen Worte hätte erkennen können. Doch da war nichts weiter. Es war alles geschrieben, was ihre gegenseitige Liebe ausmachte. Eine große, sehnsuchtsvolle Liebe, die nicht mehr brauchte, als nur sie beide.

Ohne eine Reaktion des Publikums abzuwarten, begann sie, von ihrer seit Jahren fortschreitenden Erkrankung beider Nieren zu erzählen, wie unerwartet dieser Freitag vor zwei Jahren während ihres Dialysetermins verlief.

Sie sprach von ihrem plötzlichen Anfall, einem akuten Nierenversagen, wie sie das Bewusstsein verlor, nur noch Stunden blieben, dann spätestens eine Transplantation erfolgen musste.

Sie erzählte, wie man Tom endlich telefonisch erreicht hatte, sie bereits für eine Notoperation vorbereitet wurde.

Mit Tom hatte sie gar nicht mehr sprechen können, ihn nicht mehr gesehen. Erst am späten Abend war sie aufgewacht, fühlte sich noch sehr schwach. Sie hatte die Krankenschwester um Informationen über den Verlauf der Operation gebeten und Tom sehen wollen.

Doch Tom kam nicht, konnte nie wieder zu ihr kommen.

Sie erklärte weiter, dass es Komplikationen gegeben hatte, gleich nach der Transplantation. Ein Hirnschlag sei der Auslöser gewesen, hatte der Professor gesagt, die Blutversorgung zu lange Zeit unterbrochen. Für Tom hatte es keine Rettung gegeben.

Um 18:06 Uhr, eine gute Stunde nach der erfolgreichen Organtransplantation, war sein Hirntod festgestellt worden.

So stünde sie nun hier, würde hier nur stehen, weil er nicht mehr da sei. Ja, sie verdanke ihrem Mann ihr Leben. Doch wenn sie hätte wählen können, so hätte sie abgelehnt.

Maria bedankte sich bei den Zuhörern, nahm den Briefbogen, faltete ihn, steckte ihn mit größter Sorgfalt in den Umschlag zurück.

Im Saal herrschte eine gespenstische Ruhe, als sie vom Moderator zum Tisch geleitet wurde, an dem Tom nicht mehr saß. Suchend wandte sie ihren Blick zum Ausgang des großen Saals, sah ihn, wie er mit gesenktem Kopf den Raum verließ. Sie rief ihm nach, mehrmals schrie sie seinen Namen, doch ihre Stimme versagte, nicht einmal sie selbst konnte ihre Schreie hören. Tom drehte sich nicht zu ihr um, löste sich im Dunkel des Foyers auf. Dann erlosch das Licht im Saal.

Erschrocken richtete Maria sich auf. Schweißgebadet und mit weit geöffneten Augen saß sie im Bett, atmete kurz. Die Schwester hatte die Vorhänge zugezogen, kam mit schnellen Schritten ans Krankenbett, versuchte, Maria zu beruhigen. Sie erklärte ihr mit sanfter Stimme, dass sie nur geträumt habe, ein Albtraum bloß.

Maria griff nach dem Wasserglas, trank es in einem Zug leer. Um sie auf andere Gedanken zu bringen, erzählte die Schwester ihr von Tom, der den halben Tag an ihrem Bett gewacht, ihr beim Schlafen zugese-

106

hen habe, sogar einen Brief für sie geschrieben und frische Blumen besorgt hatte.

Als Maria die Blumen auf dem Nachtschrank sah, erkannte sie den Brief davor. Es war der Brief, den sie im Traum in Händen hielt. Waren es die gleichen Worte, die sie im Traum ihrem Publikum vorgelesen hatte?

Mit zittrigen Händen öffnete sie den Umschlag, sah das dunkle Blau der Buchstaben, erkannte seine Handschrift.

'Meine geliebte Maria,

eine gute Stunde sitze ich nun hier bei Dir, sehe Dir beim Schlafen zu. So sanft und gleichmäßig atmest Du. Für immer möchte ich hier bei Dir sein, Dich einfach nur ansehen, Deine Hand halten. Wie schön Du bist....

Sie las nur diese ersten Zeilen seiner Nachricht, glaubte den weiteren Text genau zu kennen. Dann wurde ihr schwindelig. Sie zwang sich zur Ruhe, versuchte, gleichmäßig zu atmen, doch ihr Körper schien ihren Befehlen nicht mehr zu gehorchen. Kurz darauf erkannte sie den Arzt vor ihrem Bett, vernahm seine laute Stimme, wie er Anordnungen traf, von einem Notfall sprach.

Maria versuchte den Brief in ihrer Faust zu verstecken. Niemand sollte Toms Brief lesen, vielleicht könnte sie die Organspende dadurch verhindern. Sein Leben retten, so sehr sie sich selbst zu leben wünschte.

Dann wurde es dunkel. Nur Toms Stimme glaubte sie noch zu hören, wie er ihren Namen rief und dass er ihr helfen werde, egal was komme.

Maria wusste, was kommen sollte.

Eine unerträglich lange Zeit der Sehnsucht, in der sie die Wirklichkeit nur ertragen könnte, wenn sie fantasierte, sich vorstellte, er wäre nie von ihr gegangen.